JN060268

末吉節子

SUEYOSHI Setsuko

文芸社

第一章

爽やかな秋風

大きな松の木が地面に樹影を落としている。隣に並ぶように生い茂げるガジュマルの木の枝は、いかにも風通しがいいという体を成していて、桑の木や、バナナ、月桃などもろとも、それらの樹木が校舎を囲むように、四季を通して心地よい風を運んでくる。今日も、早々と爽籟（そうらい）を招き入れ、校内の隅々まで行き届いていて、授業が終わるたびに教室を移動する生徒たちの表情も爽やかだ。

十月下旬とはいえ、南国沖縄ではコンクリートで建てられた校舎の窓を閉め切っていると、夏の再来を思わせるほどだ。沖縄本島南部、糸満（いとまん）市にある南部水産高校の、校長室と続きになっている大会議室は、窓が開けられていて、空気の清浄が保たれていた。

野球部員は、この日に備えて、午後の練習を早々と切り上げて胸を躍らせながら大会議室の前まで来た。ところが、中の荘厳な雰囲気に怖じ気づく者も出てきて、入り口に足を踏み入れたときは、大半がおどおどの体だった。ゆっくり一歩一歩進んで、室内に用意されている椅子に丁重に腰掛けると、テレビを前に、緊張の面持ちで画面に集中し始めた。

　監督が笑顔で校長と会話を交わしている。野球が話題のようだ。

「校長先生、今日、午前の練習中に部員の一人が突如、ぼくのそばに来て、『監督、ぼく、興奮して朝ご飯食べるのを忘れました。エネルギーが足りないです。余り扱かないでください。ぼくは西田のことで頭がいっぱいです。西田、指名されますよね』と言ったんですよ。笑いの中、聞いていた内野の一人が、即、『エネルギーが足りていても監督は扱かないよ。お前がそうであるように、今日は、監督も、みんなも、西田のことで頭がいっぱいだから。西田は指名されるよ。大丈夫だよ。お前はやさしいね』と肩に手をやった。和んでいく中で、良い練習ができました。西田は良い仲間に恵まれました」

「そうでしたか。微笑ましい話ですね。西田君は絶対に指名されますよ。天にも昇る気持ちで待ちましょう」

　校長のそばにいる教頭、その他の学校スタッフが相槌を打っている。

　緊張の体だった部員の中には早くも笑顔を取り戻し、窓外の爽やかな風にも励まされて座を楽しんでいるようだ。

第四八回プロ野球ドラフト会議が、二〇一二年十月二五日木曜日の午後四時五十三分から東京都港区のグランドプリンスホテル新高輪で開かれていた。その日、西田洋は、一泊二日の帰省を終えて午後の練習前に学校に戻ると、バッテリーを組んでいるキャッチャーと一緒に練習に打ち込んだ。練習後、寮に行って学校の制服に着替えて、その足で大会議室に向かっていた。途中、校舎の廊下で、

「洋、頑張ったねえ。今日は、楽しみだなあ！」

「やっぱり、洋は凄い。良いニュースを待っているぞ！」

など、部員に声を掛けられて、洋は、プロ野球ドラフト会議でドラフト候補に挙がっていることを再認識させられた。今年のドラフト候補に洋の名前が出たとき、夢に見ていたこととはいえ、候補に挙がってから一気に校内で有名になった洋は、落ち着かない日々を送っていた。故郷、伊名村の村長や、伊名中学校での野球部の監督、恩師たち、叔母、西田キヨなどから、激励の電話をもらって幸せな思いに浸っていた。

（皆の期待がこの肩にかかっている。村長は、ぼくが甲子園に出場したとき、甲

子園まで応援に来てくれた。意中の球団が六位指名までの間に、ぼくを指名すると聞かされているが、どの球団でもいい、最後の方でもいいから指名を受けたい……。監督に願い出て、昨日、母の墓参りができた。墓前で、ドラフト候補に挙がっていることを母に報告した。落ち着きが戻った。村長にも報告できた)

洋は独り呟き、キャッチャーと肩を並べて歩く速度を速めた。

母の墓前で

プロ志望届を提出して、三球団のドラフト候補に洋の名前が出て、浮き足立ってきた洋は、ドラフト会議に先立って、二日の休みを取ることを監督に願い出たのだった。洋の家庭環境を知っている監督は、

「洋、会議の前に墓前でお母さんと語りたいのだろう。行っておいで。会議の時間には遅れないようにね」

とやさしく洋の背中を押した。

十月二十四日の午前、洋は故郷伊名に向かって、県北部今帰仁(なきじん)村にある運天(うんてん)港

でフェリー伊名に乗った。フェリーの着く伊名村の仲田港では叔母、キヨが待っていた。その足で叔母と一緒に、母の墓に直行した。

墓に到着して、眼下に見おろす海面では白波が騒いでいるようだった。腕時計は午後零時半を指している。海の香をふくんだ秋の風が肌に心地よい。県都、那覇からおよそ百二十キロ北にあるこの伊名島で、十月下旬の北風をまともに受けると、気温が二十五度前後でも、早くも冬到来なのだという感覚に陥る。遮る木の少ないこの墓地は、秋から冬の間は訪れる人は滅多にいない、と洋は小学校の頃、大人たちから聞かされたことを思い出していた。

母、静江（しずえ）の墓前で一緒に手を合わせている叔母の手が小刻みに震えているのに気づき、洋は、ジャケットを脱ぎ、叔母の肩にかけた。叔母は手を合わせたまま、軽く頭を下げた。ジャケットは、男子高校生の制服以外にこれといった秋冬服を持っていない洋が、近い将来向かうであろう本土の気候に備えて三日前に那覇の百貨店で購入したものだ。伊名島は、これを着るほどではないだろうが、今のところ、これが自分の正装なのだと思い、島への旅支度をしているとき、親戚への土産と一緒にボストンバッグに入れていた。

叔母は、母の七つ下の妹で、二年半前に母が亡くなったとき、高校に入ったばかりの洋の後見人になった。叔母は離婚して一人暮らしだったので、洋の育った家に居を移した。

洋と母は、洋が二歳の頃までは、母の実家であった、海の近くにある家で二人で暮らしていたが、母の兄妹の勧めで、集落の中心地に引っ越していた。家は、母の実家とほぼ同じ大きさの、およそ三十五坪ほどの広さだった。洋は、自分が育った家に叔母が住んでくれていることに感謝している。叔母は、若いときから、母の相談相手になり、育児を手伝い、物心両面から母を支えてくれたという。叔母さんがいなければ、洋は生まれなかった、叔母さんを大事にしてね、と母は口癖のように言っていた。叔母は今、農作業で生計を立てているが、洋は、これから叔母の面倒を見るのは自分だと思っている。

叔母の肩にジャケットをかけてから五分ぐらい経っているのに、叔母の手の震えは止まらない。気を取られていると、叔母は洋の背中を軽く押して、

「姉さん、洋が立派になったよ。洋は、ドラフト候補に挙がっていて、明日、指名されるんだって。その前に姉さんに報告するために帰ってきたんだよ。明日は、

その会議に間に合うよう、1便で帰らなければならないという強行スケジュールだけど、きっと指名されて、プロ野球選手になるよ。卒業前にもう一度帰ってきて、いよいよプロ野球選手になれることを姉さんに報告するからね。祈って待っていてね」

涙声の叔母に、洋がハンカチを渡そうとポケットを探していると、

「洋、母ちゃんに、もうすぐ高校を卒業すること、プロ野球球団のドラフト候補に挙がっていることを報告しなさい。あんたが話してくれるのを母ちゃんは一番に待っているんだよ」

叔母は洋の頭を撫でた。

洋は、先ほどから心の中で語っていたことを、叔母にも聞こえるように声に出して、改めて両手を合わせた。

洋は、年が明けて三月に高校を卒業する。諸々と母の墓前に報告するために帰郷した。墓参りと親戚への挨拶回りで、この二日間の休みは終わるだろうが、島にいる同級生にも会えたらいいなと思っている。

洋は、二年次、三年次と県代表校、南水産（南部水産高校）の投手として甲子園に出場し、二年次はベスト4、三年次は準優勝投手を勝ち取った。南部水産高校は、過去に先輩たちが二度準決勝を制しているので、洋の出場した二〇一一年、二〇一二年度は、優勝することのみが選手の肩に負わされていた。一度目の出場のとき、伊名島では、

「小さな島から甲子園出場選手が出た！　なるほど昔の人が詠んだあの詩、『御主（ウフヌシ）ぬ生まりたる島ゆでむぬ　すぐりらななゆみ　わした童び（王の生まれた島でしょう。優れ者が出なくてどうする！）』に詠われている通りだ。シタイヒャー（よくやった。でかした！）」

そう言って大人は祝杯をあげ、子どもたちは、

「島の名誉だ！　島の英雄だ！　ぼくたちも後に続くのだ！」

と言いながら、バットとボールを手に、運動場を駆け回ったという。

甲子園での試合は、あれよあれよという間にベスト4まで進み、島民はじめ県民は驚きの声を上げた。そして、ベスト4までの健闘を称え、来年への期待に繋げたようだった。

翌年、県大会で優勝した瞬間、選手一人ひとりの顔は今年こそはという意気込みに満ちていた。そこへ、マスコミの優勝インタビューを受けている監督の言葉が飛んできた。インタビュアーの、

「甲子園に向けて、さらにチームを鍛えていくと思うのですが……」

という問いに、監督が答えている。

「ありがとうございます。私が監督としてまずやるべきことは、選手たちを平常心に戻すことです」

監督の言葉を聞いて、選手たちは我に返った。

「県大会に勝って、確かにぼくたちは浮かれている。これまで大舞台でも普段の野球ができるように鍛えられてきた。ここぞというときに力の出せるチームだ。そのことを忘れずに今一度、引き締めていこう」

主将の激励にキャッチャーが応えている。

「そうだよ。今やこの沖縄県内で勝ち抜くのが大変と言われていて、沖縄の高校野球は全国から注目されている。ぼくたちは、その重圧に耐える練習をしてきた

はずだ。そのことを糧に、甲子園でも普段の野球ができるように準備をしていこう」

円陣を組み、誓いを立てて那覇市営奥武山(おうのやま)球場を去る選手たちは勇士揃いだった。県大会に勝って学校に戻ると、勇士たちは全国大会に向けての練習に入った。グラウンドでの練習は、一人ひとりの顔に優勝の決意が満ちていて、ファイン・プレーが続きチームを活気づけていた。洋は、島の人の思いを日に日に重く感じていった。

やがて甲子園入りし、試合が勝ち進むにつれて、

「洋が偉くなった！　こんな小さな島にテレビの取材が来たよ！　今年こそ、南水産がいまだ成し得なかった全国優勝だ！」

「村議会は、決勝戦には村長と教育長を甲子園に応援に送ることを承認したらしい」

などなど、島から伝わる島民の熱狂に怖じ気づいたわけではないのに、甲子園では決勝戦まで行きながら、試合では半ばから洋の速球がコースを外れだして、終わってみれば5対1というスコアの敗戦であった。

夜、宿舎を訪ねてきた村長と教育長の前で、洋は泣き崩れて二人に謝った。

「ごめんなさい。せっかく甲子園まで来て下さったのに、ぼくの力不足でご期待に応えることができなくて」

「いやいや、あんな大舞台でほんとによく頑張りました。洋君は島の宝です。プロのスカウトの目が洋君に向けられていると聞きました。洋君がスカウトされるのを島民挙げて願っています。どうぞ、からだを大切にして頑張って下さい」

　母が急死して、学業継続が危ぶまれたとき、村が奨学金を出してくれた。村長の口からプロのスカウトの目、という言葉が聞けて、一瞬、スカウトされてプロ野球選手になることができれば、村に恩返しができると閃き、二人を前にして洋の顔から涙は消えていた。


「洋、よく帰ってきてくれた」

　と言う母の声を聞いたと思った。顔を上げると叔母が、墓の前に跪（ひざまず）いている。墓は亀甲墓（かめこうばか）で、ご馳走を供える段があって、続いて、座って墓参りができるように五、六センチほどの高さの段へと繋がっている。洋は、本島ではあまり見かけない、この亀甲墓を目にして、島だからこのような立派な墓が残っている、母の墓が亀甲墓でよかった、と胸に手を当てた。

叔母は、おもむろに後ろを振り向き、

「洋、あんたもここにおいで」

そう言って段を指した。

洋は、母が亡くなったとき、納骨の後、酒など、供え物をするためにこの段に座ったことを思い出して、叔母に訊いた。

「そこは食べ物や果物を供えるところでしょう？　座ってもいいの、叔母さん？」

「いいのよ。母ちゃんにとって今日は、食べ物より洋の話を聞くのが何よりの薬だよ。重箱はすぐお供えするから大丈夫」

洋は墓の前で車を降りたとき、叔母に言われて重箱も運んでいた。叔母は、朝からあるいは、昨夜からご馳走を作って重箱に詰めたのかもしれない、と思い、胸が熱くなっていた。

「そうだね、母ちゃんはぼくの話を聞きたいんだよね。ありがとう」

早口で言い終えて、叔母に寄り添った。

「はい、頑張って」

叔母は洋の背中に軽く右手を当てた。そして、何事かを思い出したように、

「そう、そう。今朝、村長から洋に電話があったので伝えておくね」

心持ち笑みを浮かべて言った。

叔母によれば、電話があったのは叔母が港に行く準備をしているときで、叔母は、「洋は、今日、1便で母の墓参りのために帰ってくるけど、すぐ、明日の1便で学校に戻るんです。ドラフト会議に間に合わせるために」と答えた。村長は即座に、「そうですよね。明日はドラフト会議ですよね。役場の職員が今帰仁からの1便に乗っていて、洋君がフェリーに乗っている、という電話があったものですから、あっ、この大事なときに洋君が帰ってくるんだとうれしくなりましてね。お母さんのお墓参りですか。さすがです」と、はしゃぎ出さんばかりの声だった。

声の調子を落として、村長は続けた。「洋君が島に滞在中にちょっとでも時間があったら、小・中学校の子どもたちに講演をしていただけないかと思ったものですから。四、五十分でいいのですが。あっ、今、ひょっと思い浮かんだのです

が、洋君は卒業前の休みにまた帰ってきますよね。そのときは、プロ野球に入団が決まってキャンプに入る頃だと思います。講演はそのときにお願いしましょう」と言って恐縮気味だった、ということだった。

「叔母さん、講演ってぼくにできるのかな？」

「できるよ、また電話があると思うけど、この次に帰ってくるときに講演も頑張って」

叔母は、笑顔で洋を見つめている。その目は、自分にエールを送っている、と洋は思ったが、講演と聞いて驚きを隠し得なかった。小学校の頃、偉い人が学校に来て話をしていた、講演というものを聴いた記憶はある。ぼくにそんなことができるわけがない。けど、村長の頼みなら断れない。ぼくは村から奨学金をもらっている。小・中学生たちに、そのときのぼくが話せることを話せばいい。咄嗟に判断して、叔母に承諾のめくばせをして、再び母に向けて両手を合わせた。

「母ちゃん、ぼく、夢だったプロ野球選手になれるかもしれないよ。母ちゃんも祈っていてね」

叔母が素早く洋の言葉を継いだ。

「なれるよ、きっと。姉さん、洋は近くプロの野球選手になれるんだよ。夢みたいだよね。今度帰ってくるとき、島の小・中学生に講演もするんだよ。凄いよね」

一度止まったかに見えた叔母の涙が、頬を濡らしていく。洋は、自分が母に語っているこの場を、涙の滴が支えてくれている、と思った。

「そうだ。プロ野球選手になれるかもしれないんだ。プロの世界はとても厳しいということを、何度も見聞きしているし、今度、監督にも言われた。ぼくに務まるのかとても不安だけど、これまで以上にからだを鍛えて、プロ野球選手になれるよう頑張ります。

からだはもともと丈夫です。だって、母ちゃんが小さいときから栄養面からいろいろと考えて、からだにいいものを食べさせてくれたもの。それに、叔母さんからもらった野球ボールが遊び相手になってくれて、自然にからだは鍛えられました。ありがとう。叔母さんにも感謝しています。母ちゃん、ぼく、頑張るからね。見守っていてね」

叔母に向かって、

「母ちゃんにも報告したように、叔母さんからもらった野球ボールがぼくの野球の原点です。ありがとう、叔母さん。村長からの電話の件ですが、ぼくの体験が島の小・中学生に役立つのなら講演を引き受けます。もう一度電話があれば、そう伝えて下さい」

叔母に向かって話す前から母に語っている間に、少年の頃の思いが、洋の頭を揺さぶり始めていた。島の小・中学生に役立つのなら……。口を出てしまった言葉が少年の頃の記憶を呼び起こした。

＊＊＊

洋が通っている、伊名島にある唯一の小学校の校舎は、小高い丘を背に立っている。丘に登れば海が見渡せて、離島の良さを取り入れた造りは、島民の誇りだと聞かされていた。

洋が四年生になったころのことだ。その日も教室ではいつものように、四十人の児童たちが先生の顔を盗み見たり、窓の外に目をやったりで落ち着かない。彼らの頭の中は次の休み時間のことでいっぱいだ。それは一日に一回だけの、二十五分という長さで、彼らが給食の次に楽しみにしているものだ。

ベルが鳴って、彼らはおじぎもそこそこに、一斉に教室を飛び出した。洋はこの休み時間が嫌いだ。他の休み時間のように十分間ならいいが、二十五分というのは苦痛でならない。教室の中では先生の目があるから無事でも、外に出るといじめに遭う。教室に残りたい。しかし、それは校則に反するという。渋々教室を出た。

（二十五分もあれば、裏の丘の上に登って海を眺めることもできる、と思うけれど、これもルールに反することなんだよね）

独り呟くと、先だってのことが脳裏を掠めて、洋の足は動かなくなった。

先だって、洋は教室を出ると丘の上に向かっていた。後方に人の気配を感じて振り向くと、いじめっ子たち五人に追い付かれていた。立ち止まった洋の襟首は大将格の浩介（こうすけ）に掴まえられて、洋は、引きずられるように職員室に連れていかれた。職員室では担任が一人でお茶を飲んでいた。浩介は、荒々しく洋の背中を押し出すように担任に引き渡した。

「先生、洋は校庭の外に出たので連れてきました。あの丘に向かっていました。

あそこには休み時間でも行ってはいけないんですよね」

荒々しく洋の背中を押し出した割には、浩介の口調は丁寧で穏やかだった。いつだったか、やはり担任の前では、彼は口調を和らげていた。

「そうだよ。休み時間でもいけないんだよ。ありがとう。君たちは校庭に戻っていいよ」

職員室を後にする五人は、不満げに後ろを振り返りながら去っていく。

担任は、洋を椅子に座らせると諭すように言った。

「休み時間でも、校庭の外に出てはいけないことを知っているよね。洋は頭のいい子だもの」

手を洋の頭に置いて、続けた。

「あの丘に登って海を眺めるというのは、気持ちいいよな。先生も登りたいけど勤務中には登らない。だから洋も学校が終わって校庭を出た後にしなさい。それぐらいの道草は、お母さんも許してくれるでしょう」

「はい……」小声で答えたが、本当は、

(放課後、あの丘に行けばいじめに遭います。あそこはいじめっ子たちの溜まり場なんです！）と叫びたかった。

担任の目がやさしく洋を見つめている。

「洋君、辛いか？　あの子たちは、洋君にお父さんがいないという、それだけの理由で洋君をいじめているようだけど、それは洋君の責任ではない。お父さんがいなくても洋君は、お母さんのもとで立派に育っている。洋君のお母さんは強い女性だ。今に洋君はいじめに打ち勝ち、偉い人になれると先生は思う。洋君は頭がよくて、精神力にも長けている。あの子たちもやがてはそれに気づき、いじめをやめて、洋君と仲良くなってくれると思う。自分たちが悪いことをしていることに気づくよ、きっと。今いっときの辛抱だ。辛いだろうけど頑張ろうな。そしてこの後、いじめがひどくなるようだったらすぐに先生に話すんだぞ」

洋は俯いたまま担任の言葉に耳を傾けていた。担任は洋の頭に置いていた手をおもむろに離して、

「洋君、はい、もういいから運動場に行って野球ボールを相手に遊ぶか？　洋君は野球が好きだもんなあ。休み時間、あと十五分はあるよ」

そう言いながら立ち上がって、洋を見送る姿勢になった。洋は職員室を出て、

校庭の片隅にあるいつもの場所に向かった。四年生になってすぐに見つけた、一人遊びの場所だ。

その場所で、校舎の壁を相手にボールを投げて、返ってくるボールをミットに収める。力を入れると跳ね返りが強く、ボールはミットを擦ることなく後ろに逸れる。逸れたボールを拾いに走る。ときには強く投げたボールがミットにうまく収まることもあり、思わず一人で微笑む。

ボールとミットの隠し場所は、グラウンドの隅に立っている古木下にできた株の穴だ。枯れ葉を被せれば誰にも見つからない。いじめっ子たちがやってくることもあるが、彼らもその場所に気づかない。

残りの時間をボール投げに没頭した。教室に戻ると担任は校則の一部を説明した。

「あの丘の上には休み時間でも行ってはいけないことになっている。今日の休み時間にあの丘の上に登ろうとしていたクラスメートを諭した諸君、今日はよいことをしました」

といじめっ子たちをほめ、

「諭されたクラスメートも、素直に応じてくれてありがとう」
と洋もほめた。

ベルが鳴って一斉に教室を出た児童たちは校庭に散った。洋は、止まってしまって、動かなくなった足に踏ん張りを入れた。足が動いた。洋は、動いてくれた両足に、ありがとう、と言った。

今日は丘には登らないで、一人だけの、あの遊び場に向かう。二十五分もの間、ボールとミットがぼくを勇気づけてくれる。先生に、洋君は野球が好きだもんなあ、と言われたのはつい先日だ。樹齢百年にもなるというあの樹木も、ボールとミット同様、ぼくを包んでくれる。など、次々に頭に浮かんできて足取りは軽くなる一方だった。

しかし、途中で五人のいじめっ子に囲まれ、引っ返す間もなかった。彼らは、洋が向かう場所を、あらかじめ突き止めていたかのようだった。
「はい、はい、来たよ！　おい、洋！　お前、父親の無い子と言われて悔しくないか。悲しくないか。悲しいだろう？　悔しいだろう？　悲しかったらかかって来い！」

浩介は言うなり、ボクサーのように身構えた。四人の子分たちは洋と浩介を囲み、弱虫め、父親の無い子、お前のオトーは誰だ、お前のオトーは誰だ、と手を叩いて囃し立てる。洋は浩介を睨み、黙って立っていた。

「おい、洋の弱虫め、さあ、かかって来い」

ひとり親の弱虫め……、弱虫め……、父親の無い子……、弱虫め……、洋は、弱虫だ……。と子分たちの声も止まない。

「ぼく、弱虫じゃない！」

気が付くと、両手で浩介を押していた。子分たちが、五人揃いで洋を摑み、押し倒した。浩介が、洋を足で蹴り始めた。蹴りながら、

「この野郎！　俺に勝つと思うのか？　弱虫めが。おい、お前の母ちゃんは中学生を誑かしてお前を産んだっていうじゃないか？　よくも俺たちに隠していたなあ！」

一語一語をはっきりと言い放っている。子分たちも加わり、足で蹴り、石を拾っては投げてくる。洋は堪えていた。いつの間にか級友たちも加わって輪が作ら

れていた。前にもあったことだが、洋の味方をする者は皆無で、揃って坐視するだけだった。

弱虫じゃない、と言ったあと、蹴られても、石を投げられても黙って堪えている洋に、いじめっ子たちは業を煮やしたのか、「弱虫め！」と言葉を投げて去っていった。級友たちも、蜘蛛の子を散らすようにその場から離れた。

洋はゆっくりと立ち上がり、ズボンのポケットからハンドタオルを取り出して、からだの土を拭き払った。土が目立っては教室に帰れない。ハンドタオルは、ボール遊びの後の汗拭きのため、いつもポケットに忍ばせている。今日は、上着のポケットにティッシュペーパーも入っている。それを顔や手に当てて、血の跡を押さえた。

教室に戻った後も、洋は一人悲しみと闘っていた。

――いじめっ子たちに、何度も父親のいない子と言われてきた。しかし、お前の母ちゃんは中学生を誑かして、というのは初めて耳にした。集落の大人たちからも一度も聞いたことがない。物心ついてから、母ちゃんに、ぼくのお父さんは死んだの？　どうしてぼくにはお父さんがいないの？　と訊いても母ちゃんは、答えてくれなかった――

担任は洋の様子に気づいているようではなかった。

学校が終わると洋は家に帰り、ランドセルを居間に投げた。母はまだ畑仕事から帰っていないようだった。午前中の、あの休み時間に受けた顔や手足の傷は、何時間も経つのにひりひりする。救急箱の在り処は知っていたが、そのままベッドに潜った。

暗くなりかけた頃、母が帰ってきた気配を感じて全身を動かそうとした。しかし、からだは、起き上がれないというサインを送るだけだった。薄暗くなった部屋の中をぼんやり見回しながら、いじめっ子たちの言葉を思い出して、答えの返ってこない自問を重ねていた。

（お前の母ちゃんは、中学生を誑かしてお前を産んだってなあ、と浩介は言った。中学生を誑かしてって、どういうことだろう？　それは、母ちゃんが悪いことをしたということなのだろうか？　ほんとに母ちゃんは悪いことをしたのだろうか？　だとすると、ぼくは悪者の子で、ぼくも悪童だ。いやだ！　ぼくは悪童ではない！……父親は？……。ぼくが生まれたとき中学生だったの？）

そのとき、母の声が台所の方から聞こえてきた。

「洋！　夕ご飯の用意ができたよ。起きておいで。今、寝ると夜は眠れなくなるよ！」

母の声は、いつものように穏やかだった。二人の住み処にしては大きい方なのだが、母の声は透き通るように聞こえる。どうにか起き上がると、洋の足は母のいる台所に向かっていた。

台所に入った洋を一目見るなり、母は、

「まあ、洋！　どうしたの？　どうしたの？　こんなに顔が腫れて。血も出て。誰かに殴られたの。誰に殴られたの、洋？」

菜箸を手にしたまま叫んでいる。

これまでも母は、似たようなことを何度か訊いていた。今日も洋は答えられない。無言を通しているが、いつにない何かが、からだの底から沸々と湧いてくるのを感じた。洋は、重いからだを椅子に預けた。

母が傷口に触れようとした。洋は母の手を退け、両手をテーブルの上に出した。出した手を引っ込め、立ち上がって、両足を交互に胸の高さまで上げた。母は洋の所作を隈なく見ていたが、口を動かすことなく目を逸らした。

洋は再び椅子に腰掛けると、顔を突き出して母を睨み、声を荒らげた。

「見て！　今日もあの野郎たちにこんな風にやられた。母ちゃん、ぼく、今日はいじめっ子たちに、おかしなことを言われた。ぼくは、母ちゃんが中学生を誑かして生まれた子なんだってねえ。誑かすって何？　母ちゃんは悪いことをしたの？　ぼくのお父さんは、ぼくが生まれたとき中学生だったの？　教えてよ、母ちゃん！」

母は無言で椅子を離れ、食器棚の上の救急箱に手を伸ばしている。洋は、母の後ろ姿に投げかけた。

「母ちゃん！　母ちゃん！　ほんとに教えてよ！　誑かすって何？　ぼくのお父さんはどこにいるの？」

母は口を閉ざしたままだ。やがて、救急箱をテーブルの上に置くと、傷の手当てを始めた。目にはうっすらと涙を浮かべている。

洋は、母が夕食のときには、進んで学校のことを訊いてくることを思い出した。母にはいつも楽しかったことだけを話してきた。いじめのことを話すのは抑えていた。父ちゃん（？）のことを訊くのも数えるほどなのに母は、父ちゃんのことになると黙ってしまう。

洋は、逆らうことなく母に傷の手当てをさせた自分に気づいたが、夕食を半分残して、再びベッドに籠もって一人呟いた。

（なぜ母ちゃんは答えてくれないのだ？　どうして父ちゃんのことを教えてくれないのだ？　ぼくは悪い子ではない！　もう、いじめられるのはいやだ！）

宿題のことも気にならなかった。傷の痛みは和らいでいる。眠い目を擦っていると、いつの間にか寝入ったようだった。夜中に一度目が覚めた。台所から水道の水の音に交じって母のすすり泣きの声が聞こえたと思った。夢現（うつつ）の中で、水の音も、母の泣き声も遠ざかっていくようだった。

山に登る

朝、目覚めるとすぐにベッドを離れて居間に向かった。母は台所のテーブルではなく、居間の卓袱台（ちゃぶだい）を前にして座っていた。壁の時計は九時を指している。洋

はテーブルを前に腰掛けた。と、母が何気ない様相で、

「洋、今日は母ちゃんも休みだから山に行こうか。山の頂上は気持ちがいいよ！傷も心配したほどではないようだし。よかったさあ。行こうね」

物柔らかな言い方だが、風情に有無を言わさぬものを感じて、洋は渋々、「うん、行く」と返事をした。返事はしたものの、昨夜のことは頭から離れていなかった。僅かの間に母の表情は和らいでいた。しかし会話を交わすことなく、二人は朝食を済ませると家を出た。

村は静かな朝を迎えていた。早朝から田畑に出る農家が多いのに、今日は休みなのだろうか。畦道を歩きながら、洋は一年前、ユイマール（労力交換の協同作業）に行く母に阿る(おもね)ように付いていったことを思い出して、あのときの自分は素直だった、と不思議な気分になった。

いつの間にか、山の麓まで来ていた。家から一時間近くかかっているような気がする。先を行っている母が後ろを振り返り、何か言ったようだ。

気力を振り絞って歩く速度を速め、母に追い付いた。

「頂上まであと一時間かかるかもしれないので、ここで一休みしようか」

母は洋を気遣うように言った。洋は気分が和らいだ。

「ありがとう。少し息切れするけど、休むとかえって登りづらくなりそうだから」

「そうね。なんだか芝生も全部刈り取られているし。座る所がないね」

母は、弁当などの入ったティール（紐つきの竹籠）を背負っているのに、足取りが軽い。洋もリュックを背にしている。母の後ろ姿は、洋に山道を登る手本を示しているかのように思えた。ウフ山と呼ばれているこの山は、この勢理客集落にあり、村で一番高い山なのに、先生から話を聞いただけで、一度も登っていない。六年生になると、授業の一環としてウフ山への山登りがあるという。洋は、それまで登れるとは思っていなかった。

標高八十八メートルの山の頂上に辿り着いた。麓から一時間近くかかっている。洋はリュックを外すのももどかしく、半ばふうふう喘いでいるからだを、青々と茂っている草の上に転がした。空を仰いで、

「ほんとに気持ちがいい！　母ちゃんが言った通りだ」

一人声に出した。

柔らかな芝生にからだを浸して、真っ青な空に目をやっていると、心に被さっていた闇が溶け出していくようだった。母は広場を囲っている柵に凭(もた)れて、じっと彼方を見つめていたが、やがて、

「洋、ほら、海があんなにきれいだよ。隣の島が見えるよ。あの島も、きっときれいな島なんだろうね」

心持ちからだを捻り、洋を手招きした。洋は起き上がってリュックをティールのそばに置き、母の横に並んだ。

「ほんとだ！　海がきれいだ！　島もきれいだ！　母ちゃんもあの島に行ったことはないの？」

「ないのよ。隣島だから、この島とよく似ているとは思うけど」

視線を隣島方角に据えているが、母の心はよそを向いているかに見えた。やがて、母は洋の肩に手を置いて、前方を向いたまま、

「洋、夕べはごめんね。洋が辛い思いをしているのに、何も答えてあげなくて……」

と、か細い声で言った。洋は返事をしようとしたが言葉にならなかった。心の

中で、母ちゃんは家の中では話せないから、山に連れてきたのだ、と理解していた。理解して、やはり返事をしなければ母ちゃんは前へ進めない、と思い直して母の顔を仰いだ。

けれど、心、隣島にあらず、と思われた母の視線がいつの間にか遥か向こうに見える海の一線に集中していて、母の身丈のどこにも、洋は、自分の入れる隙を見つけることはできなかった。母は呆然と、ただ海原を見つめていた。

やがて、遥か海の向こうに目を据えていた母が、茫洋な大洋に促されたかのようにその目を洋に向けてきた。

「洋、あなたは、ぼくのお父さんはどこにいるの？　と何度も訊いていた。母ちゃんは、洋のお父さんはここから見える隣島にいるのでは？　とずうっと思っていた。なぜなら、いつか話すけど、お父さんは漁師になりたいので伊屋島に行きたい、伊屋島にはタコ取りの名人がいてその人に弟子入りしたい、と言っていたから。けれど最近になって、お父さんは沖縄本島にいるという噂を聞いて、そうかもしれないと思うようになった。母ちゃんは今、この海原を見つめていて、この大海原を辿れば遙か南の方に沖縄本島があって、そこにあの人がいる、洋の疑問に答えられる、と閃いたの。洋、あなたのお父さんは島を出て沖縄本島に行った。でも、本島のどこで、何をしているのかということは分からない。

洋の、ぼくのお父さんは、ぼくが生まれたとき中学生だったの？　という疑問にも母ちゃんは、洋がもっと大きくなってから話すつもりだったので、ずうっと黙っていた。けれど、そのことが原因で、洋がいじめに遭っては、母ちゃんも耐えられない。洋がいじめに負けないようになるには、ほんとのことを話して、その境遇に打ち勝つ強い人間になることだと思った。本当は、なぜぼくにはお父さんがいないのだろう？　誑かすって何だろう？　という洋の疑問に答えてあげるのが先なのだけど、今はそのことには触れられない。もうちょっと時機を見て話してあげたいと思う」

時機を見てっていつ？　と母に盾突いたことを思い出すと、自ずと、

(今日がその時機でしょ。だから山に連れてきたんでしょ)

喉元で言葉が暴れ出してきたが、母の眼差しを見て引っ込めた。

母は洋の様子には気づいていないようだった。

「一つだけ言えることはこういうことなの。その中に、お父さんがいない子と言

われていても、人に負けない立派な社会人になれる、というヒントがあると思うので話します」

母の顔から、先ほどまで垣間見えていた迷いの色が消えていた。

今朝、母は、洋に有無を言わさぬ風情で山に誘った。ティールを背に山道を登る母の姿は凛々しかった。しかし、そんな母も、頂上に着いて戸惑いの色を見せていた。柵に凭れると、隣島に目をやりその目を遙か海原に移した。その母の横顔には、何物も寄せ付けない柱石のようなものがあった。

今、母の迷いは払拭されているようなので、ぼくの疑問に答えてくれるかもしれない、と洋は思った。肩に置かれた母の手に温かみを感じ、洋はちょこんとからだを母の方に寄せて、母の見つめる大海原に目を据えた。母は洋を一瞥した後、目を海の向こうに戻していた。

「洋は、海に囲まれたこの美しい島で、生まれるべくして生まれたのだということ。豊かな海と自然に囲まれた、この島は、これまで多くの偉人を輩出した。その人たちは裕福な家庭で生まれ育ったわけではなかった。中には父親のいない子もいた。強くて、思いやりの心を持った人たちで、いじめに遭っても、くじけなかった。他人に迷惑をかけるのでなければ、自分の好きなことに打ち込んで世の中の役に立ちたい、そんな信念の持ち主だったらしい。洋も好きなことに打ち込める才能があると母ちゃんは思う。だって、やさしくて、いつも何事にも一生懸命だもの。この海原のように、大きな心の持ち主になれると思う。名前が洋だから」

話は終わったようだった。母は、からだの向きを変えて洋の高さまで屈み、傷の手当てを始めている。洋は、母の話の一言ひとことを聞き逃すまいと傾注したものの、母の口から肝腎なことは聞けていない。

(母ちゃんは、ぼくが訊きたかったことは話していない。避けている。なぜ?)

喉元まで出かかったが、傷の手当てをしている母の涙を見て言葉を呑み込んだ。引っ込めたが、もやもやは消えない。ぼくにはやはり母の言っていることが理解できない、時機を見てっていつ? 好きなことに打ち込める才能ってなに? ごまかさないでよ! と話の始終、口の中で行き場を失っていた言葉の数々が、心の中で騒ぎ立て始めた。

「母ちゃん、教えてよ! ぼくの父ちゃんは中学生だったの?」

叫ぶと洋は、母の手を離れて、リュックを肩に広場の芝生に向かった。洋の傷痕の手当てをしていて、無理に放された母の手は行き場を失って、そばにあった竹籠が芝生を目指している洋を睨んでいる。洋は歩みを止めて、竹籠の中を覗いた。

（救急箱が入っている！　家にある救急箱より小さい。母ちゃんは、こんなときのために小救急箱も用意していたのだ。母ちゃんが傷の手当てをしているとき、なぜこの小救急箱に気づかなかったのだろう？　慮ることができなかったのだろう？　母ちゃんは傷の手当てをするためにこの小救急箱を入れておいたのだ。手作りの弁当が入っているのは知っていたけれど……）

母は立ち上がると再び柵に凭れ、大海原を見つめている。止めていた歩みを戻した洋を、青いふわふわの芝生が迎えた。

母に誘われて山に登ってきたのに、母は多くを語らない。洋が、どうしても訊きたいと思ったことには、母は予感していたかのように口を閉ざすばかりだ。洋の心は怒りと寂しさが入り交じり、からだは小刻みに揺れた。洋は、天を仰いだ。天空で東西を行き来している雲に目をやっていると、母の籠に入っていた小救急箱が頭に浮かんだ。小救急箱は、母がぼくを災難から守るための心延(こころば)えだったのでは？　と思うと凍り付いた侘しさが溶けていく思いだった。

しかし、翌日になって、溶けたはずの靄(もや)が洋の心を包んで離れない。洋はその日から学校に行くことができず、部屋に閉じこもっていた。母がどんなに宥(なだ)めても部屋を出ることができない。三度の食事を運んでくるときの母の涙声は、昼夜心に刺さるものの、いじめっ子たちの顔が浮かんで、襲いかかってくるようだ。とりわけ大将の浩介と、中学生だったという幻想の中の父親の姿が交錯し、洋は、このままずっと学校には行けないのではという不安に襲われた。

不安は留まるところを知らない。学校に行ってもまたいじめに遭うだけだ。休み時間は、校庭の片隅の、あの場所で一人遊びができるが、あそこだっていじめっ子たちに知られている。彼らは、あの場所に何度かやってきたことがある。先だっては、ぼくの到着を待っていたぐらいだ。ボールの隠し場所の、古木下の株の穴でさえ彼らに知られるのは、時間の問題かもしれない。放課後、癒やしのためにあの丘の上に登ることもできようが、あそこは、放課後の彼らの溜まり場だ。

一度だけ洋は誰にも邪魔されず、丘の上でひとときを過ごすことができた。その日も午前中にいじめに遭っていたが、かすり傷も受けなかった。石を続けざまに投げられたが避けることができていた。苦痛を感じることもなく、背に涼風を受けながら、校舎越しに海を眺めていた。際限なく広がる青い海。海の遥か向こうの水平線におぼろげに連なる山の尾根。

（あれは沖縄本島だ。沖縄本島って大きいんだろうな。あそこにある学校でもいじめがあるのだろうか？）

目を水平線に据えていた洋の前に、一頭の蝶が飛んできた。洋の前には恰好の草花が茂っていて、蝶は草花の蜜を目指すように止まった。

（おなかが空いているんだね、かわいそうに）

手で蝶を撫でようとして、洋は、国語の時間を思い出した。先生は、教科書を離れてときどき島の昔話を話してくれるので、児童たちは、そのひとときが好きで耳をそばだてる。しかし、先生が最後に、

「例えば、この物語のタラー（男の子）のように悪いことばかりしていると、地

獄行きだぞ。思い当たる者は反省して善い行いをするように！」

　諭すように言うと、

「わあ、大変だ！」「ぼくは大丈夫だ」など、大きな声で互いを見交わす。強張った顔つきで隣を突くように言い合っているのは、いじめっ子たちだ。

『蝶のイェー（伝言（でんごん））』という話のときに、先生は、

「皆、墓参りなどに行ったとき、蝶が墓の周りの木から飛んで来て、重箱のご馳走の上に止まったりするのを見たことがありますか？　あるいは、そういうことを聞いたことがありますか？」

　おもむろに切り出した。何人かの手が挙がった。

「はい、ありがとう。聞いたことのある人もいるんだ。聞いたことのある人も、ない人も聞いてね。ちょっと難しい話になるが……。

　蝶のあの行動は、あの世の人、つまり、祖先の伝言を生きている人に伝えようとするものらしい。祖先の伝言はたいがいの場合、子孫に対して自分たちを大切にしてくれることへの感謝の意だそうだが、中には、子孫が曲がった方向に進もうとしているのを止めようと、一生懸命ご馳走の上を飛び回ったりする場合もあ

るらしい。

だから皆さん、そんな場面に遭ったら、しつこいと思いハエを殺すように蝶を手で殺そうなんてしないで、蝶の言うことをよく聞きなさいね」

そのとき、いじめっ子たちが密かに、「そんなことってあるか？」と言い合っていたのを洋は思い出した。

野球部に入部

心を包んでいる靄と闘っていると、母が、ベッドの上にそっと置いていったであろう朝食の膳があるのに気づいた。昨夜は、手もつけなかった夕食を、母は、何時頃片づけたのだろうか。

一週間経って、担任が家を訪ねてきた。担任は、母に案内されて、洋の部屋に入ってきた。洋は、担任に叱られるのだろうと思っていた。しかし、担任の目は、とても穏やかだった。

「洋君、長いお休みですねえ。そろそろ休みにも飽きたでしょう？　学校が恋しくないですか？」

「はい……」洋は、担任の目を見て言っていた。

「洋君、野球部に入ってみるか？　入部は五、六年生が対象なのだが、先生が監督に頼んでみる。監督は、ある日、洋が校庭の片隅で、一人でボール投げをしているのを発見し、とても感動してその後、いつも見守っていたらしい。洋君には才能がありますよ、と言っていた。先生もそう思うよ」

（野球部に入れる！　ミットとボールも古木下の、株の穴の中で待っている！

二つともいじめっ子たちには見つかっていないかもしれない）

洋はいつだったか、放課後、校庭の片隅で野球部の練習風景を眺めていたことがある。そのとき内外野が、飛んでくるボールを捕球し損ねるのを見て、ぼくなら捕れるのに、と歯がゆい思いをした。

担任が帰った後、そのことを思い出すと、洋はベッドの下に置きっ放しになっていたランドセルを取り出して、中身を整理していた。ランドセルは一週間前、居間に投げたきりだったのを、いつの間にか、母が、洋の部屋のドアの所に持ってきていた。体育着、給食着などを入れるトートバッグもチェックして、ベッドに仰向けになった。

このところの癖で、何かとベッドに横になるのに気づくと、洋はもうこんなことをしてはいられないと思い、むっくりとからだを起こした。足は居間に向かっていた。台所から漂うカレーの香りは、眠っていた洋の食欲の箱を一気に開けてくれた。

翌日の放課後、担任に連れられて洋は野球部部室へと向かった。部員たちがユニホームに着替えてグラウンドに向かうところだった。

監督は笑顔で洋を迎えると、その場で洋をチームに紹介した。

「洋君は見ての通り、四年生とは思えないからだつきだ。三年生の頃から毎日一人で、校舎の壁を相手にボール投げの練習をしているからだろう。洋君の集落は学校から二キロの距離だ。毎日その距離を速歩きで往復している。農業を一人で頑張っているお母さんを手伝うためだ。毎日一生懸命、からだを動かしている洋君は、来年からチームのエースになるかもしれないぞ。ピッチャーの二人、洋君にエース番号を取られないように頑張れ！　皆もアスリートの卵だ、頑張れ」

大きな声で言うと監督は、一人ひとりの前で足を止めて、チームを力づけていた。四年生は洋一人、五年生七人、六年生八人のメンバーらしい。同じ集落の五年生が四人もいる。洋はうれしくなった。これからは、下校時に肩を並べて一緒に帰れる仲間がいる。学校から家までの道のりはもう怖くはない。紹介されたばかりなのに、洋は自分が急に違う世界に入って、偉くなったような気持ちになった。

翌日から洋の野球生活が始まった。部員とも親しくなっていった。監督は厳しいが、放課後の練習が楽しい。全体練習が終わっても、校舎のあの隅に行き、一人で投球練習をするエネルギーが残っている。バットもあるので、ときには、ぎこちないことをする。校舎の壁を相手にボールを投げ、跳ね返ってくるボールを、打ち返すのだ。投げて、すぐにバットを手に、打つ構えに入る。三回に一回でも間に合い、当てることができれば、ぼくの運動能力はたいしたものだ、と一人微笑む。監督に見つかれば、無駄なことをしていると怒られそうな気もしたが。

没頭しているうちに、一人遊び場に、仲間が痺れを切らして呼びにくることもある。

「おい、洋！　俺たちはもう帰るぞ！　疲れた！　少しはエネルギーを残しておかないと。家に帰ってからもいろいろ手伝いをしないと野球をやめさせられるからな」

「いやだよ、野球をやめるのは」

「洋、暗くならないうちに引き上げろよ。あの池は、先月の雨で緑色の水が溢れんばかりになっているからな」

〝あの池〟とは、学校から勢理客集落寄りに五分ほど歩いた所にある、五集落ある村で一番大きい池のことだ。池の周囲は三キロ、水深が平均で三メートルというその池は旱魃の頃でも水を絶やさない。過去に、水死事故が何件かあったという。子どもたちは、学校の行き帰りにそこを通るとき池が近くなると、そのことが頭を過るからこわごわ通る。日が暮れてから一人で通るのはなおさら怖いから、洋は池の一面、緑になっている水が目に入らないよう、速足で歩く。仲間の、暗くならないうちに引き上げろよ、という気遣いがうれしかった。

十月になって、日中の時間が短くなると、洋の居残り時間も短くなってきた。少ない分、夢中になるから仲間の声掛けに気づくことなく一人になっている。

一人になったある日、ボール、ミット、バットなど、自分の野球道具をスポーツ用の鞄に入れて、家路に就いた。

池の辺りに来て、前方を歩いている児童たちの背中が視線に入った。

（あのいじめっ子たちだ。こんな時間になぜ？　彼らの家は反対方向だ。まさかぼくを探しに？　違う……。勢理客集落のどこかに用事があるのだろう。いじめられたのは夏休みまでだった。二学期になって、野球部に入ってからはいじめられていない）

独り呟きながら、歩を進めた。普通に歩いているのに、いじめっ子たちの姿がだんだん近くなってくる。後ろを振り返る者もいて、

「大将、洋が来たよう！」

叫び声を聞いたと思ったのも束の間、あっという間に取り囲まれた。大将の浩介が、

「おい、洋！　お前、ぼくたちに恥をかかせたなあ。お前が野球選手だって？　笑わせないでよ。どうなっているんだ、この学校は？　お前のような弱虫が、しかも四年生で野球の選手とは？　お前が選手なら、俺様は監督の監督だ！　なあ、みんなそう思うだろう？　面白くない！　みんな、洋をやっつけろ」

言うなり、洋の右腕を摑んだ。洋は浩介の太い手を振り払い、二つの鞄を自分のそばに置いて、身構えた。もう半年前の洋ではない。

「大将、やめよう。敵いそうにもないから。これ、野球部に入って、強くなっているやっさあ（強くなっているよ）。ほんとにやめよう！」

いつも浩介のすぐ後ろに付いている、気の弱そうな晃だった。

「何言ってるか、晃？　お前は引っ込んでいろ！」

浩介は洋の鞄からバットを抜き取り、振り回した。バットは鞄から突き出ていたので、容易に抜き取ることができたのだ。

洋は、浩介が振り回しているバットを難なく取り戻すことができた。バットも、ミットやボール同様、洋にとってはもはや命同然なのだ。

バットを取り返されて、浩介はあえて歯向かってはこなかった。ぶつぶつ言う浩介に続いて、いじめっ子たちも踵を返し、自分たちの集落の方に小走りに去っていった。洋は、いじめっ子たちを見送っている自分に気づいて、暗くなり始めた池の辺りを目の前に、家路に歩を進めた。肩に掛けている鞄が軽かった。

この日を境に、洋はキャッチャーと一緒にそれまで以上に練習に打ち込んだ。放課後、部員と一緒の練習だけでなく、早朝の練習もこなした。結果が付いてきた。五年生になった洋の背中にエース・ナンバーがつけられた。監督は、基礎ができていたことに加えて、入部後の弛みない努力、練習に練習を重ねたことが実を結んだのだと言った。そして監督は、洋は毎日みんなが帰った後からも一人で、ときにはキャッチャーを相手に練習して、からだを鍛え、人の何倍も努力した、と称えた。

遠征試合

早くも四月の半ばになっていた。監督が練習前のミーティングの席で、

「本日は、頑張っている諸君にまず朗報を持ってきた。いいよなあ。何だと思う？　わかる人は手を挙げて！」

と笑顔になった。監督は、ハードな練習の前には部員の緊張を和らげようと策を練ることがある。部員は、いかにも掌握しているよという顔で、はーい、はー

い、と次々に手が挙がった。監督は訝しげな表情で、

「おい、おい、ほんとに分かっているのか。友利(ともり)、答えてみろ。外野席で仕入れたものでは答えにならんぞ」

友利は、監督の、その言い方に慣れているようだ。いとも簡単に、

「はい、内野席で仕入れたものです。それは北部地区大会への出場が決定したのだと思います。そうだようなあ、みんな。そう思うだろう?」

同意を求めるように、皆の顔を窺っている。

「さすが、外野席に通じている選手です。けど、ちょっと違うんだよなあ。言われてみれば、この遠征試合は北部地区大会への前哨戦になるのだ。そうなのだ。実はね、来月の初めに、隣島の、伊屋小学校のチームと親善試合をすることになった。今まで紅白試合だけだったが、対戦チームができた。今日の朗報というのはそれだ」

部員の喜色をよそに、監督は自分の言葉を繋いでいく。

「伊屋小学校からは十何年も前に、野球チームがやってきて対戦したことがある。長い間、途絶えていたがこの度、両校の交流試合が復活することになり、このチ

ームがあの学校に遠征することになった。一日に二試合だ。つまり、ダブル・ヘッダーだ。試合が終わったら、その日のうちに帰ってくるという強行スケジュールだから、エネルギーを蓄えておこう。それに、民宿の料理が、海のもの揃いで凄くおいしいらしいから、エネルギーは十分摂れるでしょう。さあ頑張ろう！」

監督の長い説明が終わると、歓声をあげる部員もいた。洋も喜び勇んだ。母も行ったことのないあの隣島に行ける。山の頂上に母と登ったあのとき、母は時機を見て父のことを話すと言った。試合には必ず勝って帰る。そして母に訊いてみる。など頭に浮かんだが、一方で、うれしいときに雑念に繋がることを考えるのはよそう、と思い留まった。

この遠征試合は、自分がエースと呼ばれるようになって初めての公式試合だ。勝てば、沖縄本島北部で行われるという北部地区少年野球大会に出られる。監督も、これは前哨戦だと言った。次は北部地区大会だ！　洋の胸はひときわ高鳴った。

洋は、監督の目に集中した。練習に先駆けて、部員の緊張をほぐすのを常道としている監督が、慎重な面持ちに変わっていく。部員も、そんな監督にいつも以上に傾注する。

「次はマイナスの方だ。島への遠征費用のことだ。寄付金と村の援助金で賄える予定だったけど、寄付金の集まりが思わしくない。父母にもお願いしなければならなくなった。今日、練習が終わって帰るとき、この手紙を忘れないように。父母への協力願いの手紙だ。頼みます」

部員の間から、ひそひそ声が聞こえてくる。洋の頭に母の顔が過った。母にはとてもそんな手紙は渡せない、と思っていると、監督の声が改めて耳に入ってきた。

「そうは言ってもできることではないよね。君たちにあげる小遣いにも困っている家もあるだろうから。校長ともう一度話して職員会議に諮ってみよう。さあ、さあ、練習だ」

明るく元気な声ではあったが、いつもの監督の様子は見られなかった。

三艘のサバニ（小型の漁船）が、横並びにエンジン音を立てて、穏やかな海を北に向かっている。サバニは、およそ十分前に十二人の野球部員と監督、校長を乗せて、内花（うちはな）集落にある、村の一番小さな漁港を出ていた。その漁港は、村の五つの漁港の中で、これから向かう伊屋島に一番近い。荒い波を切っているわけでもないのに、まっしぐらに進む勢いで、時折波がしぶきとなって船上を覆う。部員たちの叫びは波の合間を越えて、彼方に木霊している。サバニに乗った喜びもあろうが、この、島と島の間の、四キロ余の海の青さは、きれいな海を見慣れている部員たちにとっても、目を奪われる何かがあるようだ。

「何、この蒼さは？」

「俺たちの島の海どころではないよー」

「こんなきれいな海を、毎日、見ているあの島の野球部員はきっと強いぞ！」

口々に海と相手部員を称えている。そうかと思うと、船酔いをしている部員もいる。父親の操縦でも酔いは避けられないのだろうか。苦い顔の傍らで、歓声をあげている。かつて、洋は、この部員から父親のサバニに乗って漁に行った話を聞いたことがある。そのとき洋は、羨望の眼差しで彼を見つめていた。今、部員たちの声を聞いていると、彼のほかには全員がサバニに乗るのは初めてのようだ。

学校がチャーターした、部員の父親の所有する三艘のサバニで、一行は、親善試合のため、伊屋島に向かっている。隣島への遠征試合が決まってから、試合に向けての練習を積んでいく中で、この親善試合も大事だが、チームの目標は地区大会だ、という認識は部員一人ひとりの中にあった。島のチームを侮っているわけではないが、彼らとの試合はあくまでも地区大会へ向けての練習試合の一つだ、そんな心積もりで毎日励んでいた。

一方で、そうは言ってもあのチームは強打者揃いだ、と監督が言った言葉も気になっていたようで、練習に熱が入っていたのだった。洋は監督の許可を得て、部員が帰った後も、キャッチャーに残ってもらい、練習を重ねていた。遠征費用に父母の出費が免れ、洋はそっと胸を撫で下ろしていた。その分、練習に打ち込むことができていた。

サバニが伊屋島の漁港に着いた。僅かの間、沈黙を通していた部員たちの間にざわめきが起こった。

「おーい、見て！　あの山！」

「ほんとだ！　山も大きい。これは手強いぞ！　ほんとにうかうかできないよー」

山が大きいから、チームも強いとは限らない。分かっていて、活を入れるために言っているようにも思われたが、自分たちの島に似ていて、島以上の何かがある、ほんとに迂闊にはできない、一人ひとりの顔にそんな気配が漂っていた。

「みんな、君たちはその強いチームに迎えられて幸せだぞ！　ほら、ユニホーム姿の、この島の選手たちだ。手を振ってくれているぞ。笑顔で応えような」

監督の声に、部員たちは出迎えの列の前に並び、

「お出迎えありがとうございます。明日はよろしくお願いします」

一人ひとりに握手で応えた。出迎えたのはこの島の十二人のメンバーと監督、校長先生、教育委員会委員の面々だった。

短いセレモニーが終わると選手たちは、校長先生、監督共々、引き揚げていく。教育委員会委員の方が残り、島の観光に案内するのだという。監督から聞かされていなかったので、このサプライズに、いかにも監督らしいよな、という声が聞こえる。ひそひそ声の中に喜びを隠せない部員たち。今しがたの、迂闊にはできない、と言っていた表情は失せている。

小型のバスが来て部員と監督、校長を乗せて、漁港を離れていく。

「伊名島の小学校野球部の皆さん、ようこそ、この伊屋島においで下さいました。何度も、ようこそ、と申し上げたい心境です。自分たちの島より北に遠征試合というのは、物足りないことと思いますが、この島も皆さんの島に劣らないぐらいすばらしいです。一時間で回れるほど小さいのですが、要所では降りて見学した方がいいと思いますので二時間ぐらいでしょうか？　明日の試合に差し障りのない範囲でご案内します」

　マイクを握っているのは、教育委員会委員の一人で、運転も教育委員会専属の方だという。

　細長い、島の周回道路に入った。道路は海に沿っていて、海の蒼さが目を引く。島の十五の観光名所のうち、七景と言われている名所では車を降りて見学できるらしい。洋は、一つ一つのスポットを両の目にしっかりと刻み、帰ってから母に話をするのだと胸躍らせていた。

　ヤヘー岩と呼ばれる、海岸から五十メートルほど沖合に聳える岩から始まって、武蔵水（んぞうみじ）と名づけられていて、村民のオアシスになっているのだという、水が溢れることのない珍しい水溜まり。念頭平松（ねんとうひらまつ）という名の松の樹。全国に数多（あまた）ある「天の岩戸伝説」の最南端地だというクマヤ洞窟。などの名所旧跡の見学を、教育委員の巧みな案内に飾られて、全員が楽しめたようだった。とりわけ、平松とクマヤ洞窟には興味津々で質問も飛び交った。ガイドの方にキャプテンがお礼を言って、一人ひとりバスを後にした。

夜になって、島の民宿では海鮮料理のもてなしを受け、部員たちは元気な朝を迎えた。朝食も、夜と変わらないサービスを受けて、いち早く小学校のグラウンドに出た。

「わあ、なに？　この風の心地よさ。ぼくたちの学校も、海も山も近くにあり、校庭は風通しのいい方だと思っていたのに、全然違うよ。やっぱりここのチームは強いぞ！　昨日のあの、数々の観光名所の強烈な印象もまだ頭の中にいっぱいだよ」

一人が長々と叫んだ。叫び声を聞くまでもなく、この学校の周囲の景色は選手一人ひとりの目に飛び込んでいるようだ。昨夜の夕食にもらったエネルギーが、彼らの動きを地についたものにはしているが、景色に見惚れていて、監督の言葉も耳に入らない。試合は間もなく始まる……。

学校も山と海に囲まれている。この島がこれほど自然に恵まれている、ということを学校で教わったことは一度もない。心地よい風が、部員たちのノックをだんだん活気づけていく。洋の投球も、要所を押さえている。時間が来て、グラウンドに飛び出す部員たちのオクターブが上がった。

「頑張って行こうぜ。何しろ相手チームは、こんな景色の美しい所で毎日、練習を積み重ねているのだからね。それこそ手強いよ」

洋の緊張も続いていた。

蓋を開けてみると、2対0、3対0、と2試合とも完勝だった。

「ああー、おいしい。おなかが空いてなくても、この料理は絶品だよね」

試合後のセレモニーが終わったところに、民宿から昼食の弁当が届けられていた。

「ほんと。この島は料理も凄くいいい！」

「昨夜のエビは大きかったなあー。今まで食べたことのない味だった」

など、前夜の夕食、今朝の朝食も監督の言う通り、凄くおいしくて、エネルギー補給に十分すぎるものだった。部員たちの興奮はやむことがない。勝利の喜びも顕だ。

やがて部員たちは、ユニホームのまま帰路に就いた。伊屋島の港を出てからのサバニには、船酔いを催す部員は一人もいなかった。島での、おいしい料理の数々がエネルギー源となって、これからの部員たちの活動を支えてくれるだろう。

その夜、夕食の席で洋は、母がご飯とおつゆを装ってくれるのを待っていた。伊屋島でのこと、昼間の試合のことを包み隠さず母に話して、今日こそは父のことが訊き出せるかもしれないと思うと、洋は胸の高鳴りを抑えることができなかった。

テーブルの上には、すでにマグロとタコの刺身、鶏肉の唐揚げ、豆腐と野菜のチャンプルーなど、洋の好きな料理が並べられていた。母は手際よく段取りをしているようだったが、洋は、

「母ちゃん、テーブルの上にある料理で十分だから……」

母が運んできた盆を見て、喉元を出かかった言葉を呑み込んだ。盆に載ってい

るのは、魚のおつゆと赤飯だった。洋は、思わず声を上げた。

「わあー、赤飯だ！」

「洋が、初めての試合で勝ったから、お祝いだよ。洋、おめでとう。よく頑張った！」

そう言うと、洋の前のコップにジュースを注いだ。洋は、

「ありがとう、母ちゃん。いただきます」

母の目を見て言った。

どれから手を付けていいか分からない料理を前にして、洋は、滅多にないこんなご馳走を食べてしまうと、母ちゃんに訊けなくなる、と思ったが食欲には勝てなかった。

一つ一つを口に運びながら、洋は、やはり母に訊くのは今晩しかない、そう思い、どう切り出すかを考えた。ご馳走が後押ししてくれた。

「ご馳走さまでした。母ちゃん、あの隣島に行って試合に勝ってきました。今日こそ教えて下さい。ぼくにはどうしてお父さんがいないの？」

母は、箸を動かしていた手を止めたものの何も言わない。洋は、明日からはま

た練習に入るので、毎日帰りが遅くなる、母ちゃんとその話ができるのは今晩しかない、と思って訊いている。母は答えない。どうして？　マイクロバスで回った、あの島のきれいな観光スポットの話もしようと思っているのに……。

お箸を置き、再度、母の目を見て言った。

「母ちゃん、教えて下さい。なぜ、ぼくにはお父さんがいないんですか？」

「洋、初めての公式試合に勝ってほんとによかったね。洋にもお父さんはいるよ。お父さんがいないと子どもは生まれないのよ。そのことは知っているでしょう？　洋は、父さんと母さんが結婚してできた子ではない。そのことで、洋はいじめに遭っていると思うので、母ちゃんはまず、そのことを洋に詫びたい。洋、ごめんなさい。母ちゃんが普通に結婚をして洋を産み育てていれば、いじめになど遭うことはなかったのにと思うと、心苦しい。ほんとにごめんなさい、洋。

ウフ山に登ったとき話したように、洋のお父さんは、洋が生まれる前に島を出て行ったの。スポーツ選手になれるような人だった。洋は父親の血を引いているから才能があり、試合に勝って帰ってくることができた。今日はこれだけにしてくれる？」

母はそれだけ話すと口を噤んでしまった。母は、まるで洋が訊き出すのを予測していたように、血を引いている、スポーツ選手、などと答えを揃えている。一瞬、黙って答えなかったのは、母の頭の中で何かが絡み合っていたのだろうか？血を引いているというのはいやな気持ちだが、才能ならいい。洋は、あの山の頂上で母が言った、

「洋は海に囲まれたこの美しい島で、生まれるべくして生まれたのよ」

ということも思い出して、今日はこれだけでも収穫としよう、あのいじめっ子たちも、もういじめなくなった、部員はみんなやさしい、そう思い、早々と床に就いた。

チームに休みのない生活が始まった。洋は、清々しい気分で練習に打ち込んでいる。そんな自分を不可思議に思いながら、日に日に過密になっていく練習をこなしていた。帰宅できるのは、太陽が西の海にすっぽり隠れてからだった。シャワーも浴びず、夕食もそこそこに、ベッドに直行の日もある。

合宿という言葉を聞いたのは、そんな頃だった。部員と共に洋も一段の成長を自認できるようになっていた。未知の世界で、監督からまだ話もないのに、

「合宿だってよ！　泊まり込んで練習ということだよね」

と、うれしさを隠せない面々。初めてのことに戸惑いを見せながら口にしている。小学校五年生と六年生。まだ子どもだ。

その日、一日の授業を終えて練習に入っていたグラウンドに、監督がいつもの時間より遅れてやってきた。

「情報が流れているようだねえ。お察しの通り、地区大会に向けて合宿に入ることになった。職員会議が長引いて監督は、今日、遅刻だ。けど、父母への協力やその他の調整がついたので、監督としてこれ以上のことはない。あとは、みんなを扱く（しご）だけだ。頑張ろうな」

合宿って何ですか、と訊く者は一人もいない。監督は怪訝な顔で皆の顔を見渡していたが、「おっほん！」と咳払いを装い、右手を握りしめて鼻と口に当てながら、「ま、こういうことだ」と、説明に入るようだ。監督は、照れ隠しにそんな仕草をすることがある。

「合宿には、校舎の二階にある先生方の宿直部屋があてがわれる。広すぎて怖いぐらいかもしれないぞ。夜中に幽霊が出たと言って泣くなよ」

監督のいつもの調子だから、誰も「怖いよー」と言う者はいない。

六月の日の入りは、周囲十六キロで海に囲まれているこの島では、午後八時近くになる。監督の予告通り、翌週、部員は合宿に入った。授業を終えた後、四時間を超える合宿初日の練習をこなしているから、皆、空腹が頂点に達している。部員の食事用に当てられている部屋の食卓には、色とりどりの料理が並べられていた。

「うわあー、エビフライだ！　エビがこんなにたくさんだ！」

口々に叫んだかと思うと、お箸を手にするのももどかしそうに、手早く口に運んでいる。洋も、これまで口にしたことのない目の前のご馳走を、一瞬で鷲摑みにするところだった。

「合宿初めの夜だから、こんなにご馳走なの？　いつもこうだといいね」

「うん、きっとこうだよ。ご馳走続きだよ。ぼくたちは北部地区大会で優勝して、県大会に出る宿命を背負っているから、栄養をたくさんとらないとね」

ご馳走の詰め込まれた隙間から話が絶えない。

風呂場が学校の台所のそばにあるらしい。そういえば、何年か前に、昼間その建物の中を覗いたことがある。大きな湯船があって、シャワーも三、四台備えられていた。洋はそのとき、学校に浴室があるなんて不思議な気がしたが、体育館にもシャワーがある、と納得していた。今、そのことが思い出された。満腹で幸せ至極という顔つきの部員に、監督も、

「どうだ？　おいしかったか？　監督もこんなご馳走にありつけたことはないぞ。風呂場もですね、諸君の家のよりずっと大きくて立派なんです。だから、四、五人で一緒に入るように。時間の節約になるから」

と、にこにこ顔だ。洋は、三番目に五年生三人と六年生のキャッチャー、仲本繁と五人で入った。シャワーだけで終わる者もいたが、洋は、大きな湯船の感触を味わいたくて、今や洋のパートナーである繁とゆっくり湯船につかることにした。程合いに開いているアルミサッシの窓を通して、建物の外に繁茂する木々の枝の、そよ風に揺れている模様が湯船から覗ける。換気扇の設備が完全ではないようだから、窓が開けられたままになっているのかもしれない。夏の夜のそよ風が、湯気と仲良くなっているようで何とも気持ちがいい。

「初日の疲れはこれですっかりとれたね。明日からも頑張っていこう」

繁と肩を並べて語らいながら、皆のいる部屋に戻った。

十分は経ったろうか？　突然キャーという叫び声が聞こえた。声の飛んでくる方向に目をやると、一人の、全裸姿の部員が立っていた。皆を驚かせている張本人なのに、

「怖いようー　助けて！」と涙ながらだ。

風呂に入るのは、ぼくは最後でいい、と後くじを引いた外野の友利だった。友利の頓知は部員を和ませることが多いが、この場は皆、言葉もなく、呆気にとられているような顔つきだ。

「やめなさい！　何の真似だ。みんな、目を伏せて！　ぼくが話を聞いてやるから」

キャプテン、前田（まえだ）の声に全員顔を伏せた。前田は、自分のバスタオルで友利のからだを覆い、支えるように部屋の隅に連れていく。前田のそばにいた二人の部員に目配せして、脱衣場に行ってもらうようだ。およそ五、六分後、二人が友利の洋服とタオルを抱えて帰ってきた。

前田によると、友利は他人と一緒に風呂に入るのは苦手で、最後の番を選んだ。

服を脱ぎ、意気揚々と湯船に入った。窓から涼しげな風が入り、気持ちいいと思った。風と共に木の葉も入ってきて湯船の中を楽しそうに泳いでいる。ロマンチックだなあ、とその葉っぱを手で掬っていた。と、背後をすうっと風が吹き抜けていったような気がして振り向くと、白い着物を着た女が両手を胸元に垂らして、じいっと睨んでいる。気がついたらみんなの前で裸のまま立っていた。ということだった。

「ちょっと監督の部屋に行ってくる」

前田はそう言うと、縞柄のパジャマをまとっている友利を伴って部屋を出ていく。友利の顔は気のせいか青白い。皆は、沈黙のまま彼を見送っている。洋も、心の中で、監督はきっと彼を励ましてくれる、と信じていた。

監督が二人を伴って部屋に来たときには、早くも眠気に襲われている部員もいた。

「諸君、驚いたようだけどよく質すと、友利君は、昼間先生が話したことが頭にこびりついていて、幽霊を見たと勘違いしたようだ。つまり、彼が幽霊を見たというのは幻想だ。嘘なのだ。今どきそんなことがあるわけがない。昼間のことは謝る。これからは、冗談は選んで言うようにする。許してくれ」

続けて監督は、友利の頭を撫でるように手を置いた。

「友利君、幽霊さんによくぞ勝ちましたね。偉い！　その勢いで合宿を頑張りましょう。みんなも楽しい夢を見てね」

笑顔で言うと、校歌を口ずさみながら、暗い廊下に足を踏み入れた。

部員たちが、胸に手を当てる仕草をしている。洋も、この騒動が無事片づいて、自分のことのように安堵した。

「監督が言うように、今どき幽霊なんているわけがないよね」

「そうだよ。ほっとしたよ」と抱き合う者もいた。

一夜が明けた。デラックスな夕食を前にして、この後ずっとこうだといいなあ、と言い合っていたように、朝食の席で、部員たちはそれぞれ合宿中の食事への関心を浮き彫りにしている。

「わーい、ぼくたちの食事は合宿中、学校の給食係さんが作るんだって。あのエビ料理はそれこそ豪華だった。これからも楽しみだな」

と手を叩き合っている。昼食は、各クラスでクラスメートと一緒に食べる。部員の大半は、給食が家の食事より一段上だと思っているようだ。

朝と夕の食事も、みんなが予想していた通り、魚、肉、野菜、豆腐、と栄養満点で、量も多すぎるほどだ。残すと、給食係のおばさんたちに叱咤激励される。

「あら、あら、この魚も、肉も野菜も全部、島産で栄養満点なんだよ。たくさん食べないと試合に勝てないでしょう。本島の生徒は、あんたたちより皆からだが大きいんだから、負けないようにうんと食べなさい」

そう言われて、残さず食べる部員が増えて、その分、練習に力が入っていく。

練習は朝、全児童が登校する前の二時間、放課後から日暮れまでの四時間、計六時間にも及ぶ。学業との並行で皆、疲弊している。それでも愚痴を零す者は一人もいない。合宿をしているお陰で、家の農業を手伝うこともない、合宿はいいなあ、いつまでも続くといいなあ、と、口々に喜びを表しているのだ。夏の夕暮れは遅いから、まだ明るいうちに練習を切り上げることができる。グラウンドを引き上げる部員たちの中から、

「家だと、この明るさではまだ、手伝いをさせられているよな。合宿は上等！上等！」

「けど疲れるよ。何しろぼくたちは勉強もちゃんとしながらだからな」

などの会話も聞こえる。

合宿六日目の放課後。部員は揃ってキャッチボールなどでからだをほぐしていた。

キャプテンが遅れてやって来て、

「おーい、皆、集合だ。監督の談話だ！」

監督の談話というのは、初めて聞く言葉だった。部員がさっと一列に並ぶ。監督のそばに校長が立っている。不思議なことだと思ったが、校長は合宿初日に挨拶に来なかったから、今日来たのだ、と洋は思い返した。部員たちも同じ思いのようだった。

「今日は校長先生が挨拶に来られた」

ほら、やっぱりそうだよ、洋は独り呟いた。部員の間から聞こえるひそひそ声にも、その気配が感じられた。

校長先生が朝礼台に上がって、

「皆さん、よく眠れていますか。合宿の食事はおいしいですか」

満面の笑顔だ。部員から一斉に返ってきた大きな声に、校長先生の声も響きを増していくようだ。

「慣れない合宿なのに、よく眠れて、食事もおいしくいただいている諸君は偉いです」

部員は、「はーい」と言っているが、初日の夜の幽霊騒ぎを忘れているのだろうか。怖いよう、と寝付けずにいたことも忘れているようだ。

「皆さんは、先だっての遠征試合で良い成績を収めました。今、県北部地区大会に向けて、一生懸命頑張っています。校長としてとてもうれしく思っています。こんなに頑張っている皆さんに、校長は今日、悲しいお知らせをしなければなりません。実は、皆さんも学校も楽しみにしている北部地区大会への参加がなくなりました」

ざわざわという声と共に、なぜですか？　嘘でしょう？　という声が飛び交った。監督が、

「みんな、静かに話を聞くように！」やや大きな声で言う。

再び校長先生の声が部員に届けられるようだ。

「皆さんにはほんとに申し訳ないことになりました。村からの補助金が見込めなくなり、寄付金を募っても、間に合いません。保護者にもこれ以上の負担をお願いするわけにはいきません。しかし今年はだめでも来年は参加できるかもしれない。だからといって、六年生には今年が最後なのです。チームは六年生が半分以上なのです。校長にとっては大変辛い決断でした。ごめんなさい。合宿は、続けるかどうか監督が決めると思います」

校長は一礼し朝礼台を降りて、右手の帽子を頭に載せ去っていった。

「嘘だろう？　信じられない」

大きな声と共に、部員たちの間から啜り泣きの声が聞こえた。グローブとボールを投げる者もいる。地べたに膝をつく者もいる。泣きながら拳で自分の頭を叩く者。相手の腹に拳を当てながら抱きつく者。洋は、ただ呆然と立ち尽くしていた。

監督が一人ひとりの頭にやさしく触れている。右手で目を擦りながら監督の慰めに応えている部員たちの顔は、六月に入ったばかりなのに、先生、もう夏は終わりましたね、と言っているようだ。

キャッチャーの繁が洋のそばに来た。洋が野球部に入ったとき、繁は五年生で背番号は2だった。

「これから練習時間がかなり減ることになるだろうが、それでも中学に向けて頑張ろうね。中学にはぼくたちが一年先だから、学校と交渉して、野球部を強くしておくよ」

繁の言葉が、冷えかけていた洋の心身に息吹をもたらした。洋は、練習でも、試合前でも、試合中のブルペンでもいつも繁を相手に肩を温めてきた。背番号2を見つめながら、この番号を付けた繁が中学で待っていてくれる。野球部に入って以来、面倒を見てくれた。早く中学に行きたい。繁と一緒に野球をしたい。と独り胸に秘めた。

合宿は打ち切られた。部は解散にはいたらなかったが、練習時間は部員の予想通り四分の一に減らされた。

ときは流れていき、洋は、那覇市で開催されている中学校軟式野球沖縄県大会の決勝戦のマウンド上に立っていた。試合は始まったばかりなのに、デッドボール、四球を出して呆然と立ち尽くしていた。まだノーアウトだ。チームは、ジャンケンで裏攻撃を選択していた。

洋は、ブルペンでの投球練習のときから、不安を抱えていた。対戦チームは、この県大会で同じように一回戦、二回戦、三回戦、四回戦と勝ち進み決勝に臨んできている。大会前から優勝候補に挙げられている強豪だ。だからといって、怯える必要はない。ぼくたちだって前評判の高いチームだ。監督も言っていた。

「離島勢で決勝進出は快挙、と今朝の新聞が報じている。そのため、君たちへの応援が多い。本島在住の村出身者がこの那覇市に大勢やってくるぞ。島から父母たちも応援に駆けつけてくれている。味方は多いのだ。何も恐れることはない」

監督に励まされて、洋の不安は幾分払拭されたと思った。だが、死球に続き四球を出したとき、スタンドから聞こえた声援ともつかぬ声に洋は、あの中に父の声が交じっているのでは？　と、途轍もないことに思い至ったのだった。続いて、四球を出して満塁になった。

洋は、天空を仰いだ。そして、自分に言った。何を恐れているのだ、洋！　普段のピッチングをするのだ！

自分を鼓舞しているのに、妄想に取りつかれそうで不安が拭えない。このままでは自分を取り戻せない。再度一呼吸して、

（四回戦まで順調だったではないか。どうしたのだ？　父母たちの席に目をやるな。母ちゃんに来て欲しかったのか？　洋らしくないぞ！　あいつに来て欲しかったのか？　やめろ！）と自分に言い聞かせた。

キャッチャーの繁が、監督のメッセージを持ってきたようだ。

「決勝まできたのだ。後は思うようにやれ、小学校、中学校と結束してきた仲間たちを信じて投げろ、だって」

繁は言い終えると、ドンマイ、ドンマイと洋の肩に触れた。そして、

「応援団も、ぼくたちがここまで来られたのを称えている。そろそろ島も恋しくなったよな、洋」

愛おしむように背中を押した。繁とバッテリーを組んで何年になる？　あの隣島への遠征試合から始まって一度も負けていないはずだ。よーし！　行く。行ける。

「ドンマイ、ドンマイ。行け、行け、洋！　行け、行け、洋！」

応援席から、声援が飛んできた。引き寄せられるように洋の目が応援席に向いた。あの大人たちは本島にいる村出身者たちなの？　母ちゃんは、ぼくの父はぼくが生まれる前に本島に行った、スポーツ選手になれるような男だった、と言った。スポーツに秀でていたのなら野球だって好きなはずだ。あの中に、もしかしてあの男が？　ぼくの父が？　もしかして自分の子どもがピッチャーだと聞いてこっそり観戦に……。そんなことってありえない。洋！　こんな大事なときに何を考えているのだ、やめろ！

洋はマウンド上で自問し、答えを見つけられない苛立ちを一気にボールに託した。ボールを、キャッチャーの構えている所に投げたつもりだった。しかしボールは外れて、押し出しで点を与えた。内野手がさっと寄ってきて、続いて外野手、と洋は全員に囲まれて励ましを受けた。監督は見守っている。

励ましを受けたのに、洋の投球術は戻らずイニングごとに得点されていく。得点されても監督は、最後まで洋に投げさせた。

「洋、8対1というのは、初回の乱れに鑑みると悪くないスコアだ。よく頑張った！」

右手で、洋の腰を支えるように言っている監督の手の温もりに、堪えていた涙が一気に頬を覆った。校舎の片隅で一人ボール遊びをしていた洋を拾い、育ててくれた。洋をいじめから救い、小学校四年のときから野球を教え、鍛えてくれた監督だった。

第二章

高校入学

「そろそろご馳走になろうか？　洋、重箱をここに持って来てちょうだい」

叔母の声が洋を墓参りの現実に戻した。

叔母に寄り添って母と語っている間、重箱は、墓の入り口に供えられていた。洋はそこから重箱を降ろして、叔母の前に置いた。叔母は少し前に幾分広めの、その場所に移っていたようだった。

「ここも入り口に近いので、二人が食べるのを母ちゃんも見ることができるし、話も聞こえるだろうから。そう、そう、洋、知っている？　シーミー（清明祭）などで墓参りをするとき、人々が祖先の前で時間をかけてご馳走を食べ、話し合ったりするのは祖先への孝行になるからだということを」

「聞いたような気がするよ、叔母さん」

「知っているんだ。よかった。それでは、食べながら話そう。母ちゃんも喜ぶだろうから」

「うん……」

答えて洋は、料理と餅の入ったそれぞれの重箱に視線を落としていた。突然、一頭の蝶が洋の頭上を撫でるようにまたぐと料理の盛られている重箱の上に止まった。叔母も蝶に気づいたようだった。

「あら、ごめんなさい。今、姉さんの分も皿に盛るからね」

二つの重箱から、二つの陶器の皿に料理と餅を盛り、重箱の横に供えた。そして、大きめの紙の皿に洋の好きなラフテー（角切りにした豚の三枚肉を砂糖、醬油、泡盛で長時間煮込んだもの）をはじめ、エビフライ、かまぼこ、昆布の煮染めなどを盛り洋に渡すと、叔母は、

「私は餅が大好きなので」

と餅を多めに盛っている。重箱と皿に盛られた料理には、叔母の愛情がたっぷり盛り込まれている、と洋は思った。

「叔母さんからもらったボールのお陰で今のぼくがあるのだけど、覚えている？小学校のとき、ぼくたち部員がとても楽しみにしていた、北部地区大会への参加が取りやめになったことを？」

洋は、好物のエビフライを口に運びながら訊いた。叔母は手にしたばかりのお箸を皿の上に置いて、

「覚えているさあ。私も悔しくて、母ちゃんと二人泣いていたよ。村が、もう少し援助していたら行けたんだけど、父母たちには限界があったからね。でも、その悔しさがあったから洋も、あのキャッチャーも、みんな中学に入ってから頑張れたんだもんね。そして、北部地区大会で優勝して、なんと県大会で準優勝したんだものね。あんたたちは偉い！」

と、軽快な口調でほめる。七年も前のことを、微塵も途切れることなく話を続ける叔母の声は、次第に高揚していた。洋はそんな叔母に尊敬の眼差しを向けた。そして、四年前の、あの中学校軟式野球沖縄県大会での、決勝戦のマウンド上で、自分を失っていた全容が思い出された。そのことに触れようとする自分を、かろうじて抑えていた。

「叔母さんが言うように、悔しかったけど、中学に入ったら絶対に県大会に行ける、とみんな信じていた」

叔母の作ったエビフライは、小学校での、野球合宿初日の夕食のメニューと重

なった。洋にとって、あれだけのエビフライにありつけたのは、あのときが生まれて初めてだった。

「中学二年になって、県大会に行けた。決勝戦まで進んだのに、ぼくの制球難でぶざまな負け方をした。それなのに幸運というか、神様が助けてくれたというか、ぼくはあの高校の監督の目に留まっていた。翌年は、チームは県大会に出られなかったけど」

「そうだったよね。洋があの有名な南部水産高校に合格したとき、姉さんは泣いて喜んだ。親戚を招いてお祝いしたでしょう？　みんなの前で口下手の姉さんがあれだけの挨拶をした。涙が出るほどうれしかったよ」

叔母は、バッグに仕舞ったはずのハンカチを手にしている。洋も、あの日の母の挨拶を忘れていない。

――和やかな座で親戚の人たちの喜びに溢れている雰囲気の中、母はおもむろに立ち上がった。

「皆さん、今夜はありがとうございます」

良い出だしだった。

「今どき高校に入ったからと言って、お祝いもないのですが、洋があの南部水産高校に入ったということは、私たち親子にとって、この上もなく幸せなことなのです」

心持ちおじぎをすると、母の声は途切れた。洋は、短いけれど母の挨拶は終わったのだと思った。叔母さんが、母に寄り添うように立って、母の耳もとに何やら囁いた。母は顔を上げると、ありがとう、キヨ、と言い、再び皆の顔を見渡した。

「父親の無い子と言われて、いじめに遭った洋がここまで成長できたのは、皆さんが温かく見守ってくれたお陰です。私はまだ洋に、出生のことを話していません。小さいときに話すべきだったと思います。話していれば、洋は苦しまなくて済んだのに……。これからは……勇気を出して……話していきたい……と思います。

八歳の誕生日に、洋は、キヨから野球ボールをもらいました。あのボールのお陰で野球が好きになったのです。キヨと皆さんのお陰です。本当に……ありがとう……ございました。これからも、どうか、洋をよろしく……お願いします」

母は叔母に声を掛けられて続けたものの、途中から言葉も途切れとぎれで、涙声になっていた。母の兄弟姉妹と、いとこたち十人ほどだった。

その夜ベッドに横たわった途端、洋は、母は前もってあの挨拶文を考えていたのでは？　と思い、母の苦しみが少しは理解できたような気がした。昼間は、学校で監督に南部水産高校合格を祝福されて、校長先生から励ましの言葉をもらい、部員に胴上げされた。夜は親戚の人たちに祝福された。ぼくの人生の中で、こんな幸せな日ってあっただろうか。この幸せな心持ちって続くものなのだろうか。洋は自分に問いかけた。この幸せな気持ちの今なら、母の話が聞けそうな気がする。

天井にやっていた視線を戻し、母との話の手順に集中した。それでも、ベッドを離れて、母のいる居間に行ったものかどうか、迷いがあった。

と、不意に母が洋の部屋に入ってきて、無言でベッドの端に腰を下ろした。母ちゃんもぼくと同じ気持ちだったのだ、と思うと洋は胸に込み上げるものを感じた。布団を手繰り寄せて、ベッドに凭れた。

「洋、改めておめでとう。皆さんが帰って静かになったさあ。今なら母ちゃん、話せそうだから話すね」

静かな口調だ。一言一句聞き漏らすまいと、洋は母の視線を捉えた。

「あのね、洋、母ちゃんが中学生を誑かして、というのは多分大人たちの間でそういう噂になっていたのだと思う。噂の通り、洋の父親は中学三年生だった。少し長くなるけど聞いてね」

間を置いて、母は呼吸を整えているようだった。そして、続けた。

「ある夏の日の夕方、突然中学生が家に来て、シャワーを使わしてと言ったの。海で泳いだ帰りだったらしい。こんな言い方をすれば、洋には理解できないかもしれないけど、ヒンプン（家と門の間にあって、外からの視線をさえぎるための塀）を背に、夕日に照らされている十五歳の男子の水着姿は、三十七歳の私には眩しくて、怖かった。両親は旅行に出掛けていて、家には私一人だった。

YESともNOとも言えなくて、目の前のヒンプンと水着姿を見つめていた。と、ヒンプンには悪霊を防ぐという信仰上のおまじないのような意味もあるということが、脳裏を過った。

私は（ヒンプンはこの中学生を何らさえぎることなく通したのだ）と思った。気が付くと朝まで一緒に寝ていた。十五歳の肉体的な騒ぎに、三十七歳の、女の魔性の火が燃えたのだと思う。これがほんとのことです。中学生は半年後、島を出ていった。母ちゃん、今日は疲れたので休もうね」

野球ボールが頭を貫通したような衝撃だった。母はそれだけ言うと立ち上がって、洋の部屋を後にした。洋が考える間もなかった。この頃になって誑かすという言葉の意味は理解できていたが、母の告白は洋を新たに打ちのめした。ベッドに凭れたまま、母の出ていったドアを睨みつけた。かろうじてベッドに横になったものの、寝付けない。むっくり起き上がり、ドアを開けて部屋を出た。出たところで、洋の足は止まった。やがて洋は、からだの向きを変えて、歩みを忘れた両足を、交互にドアにぶつけていた。――

母の死

北風に頬を撫でられて、洋は我に返った。叔母が餅の盛られた皿を前に、何事かを思い出したようだ。
「姉さんはあれほど喜んだのに。これから幸せになれるというときだったのに
……」
叔母の頭の中には、親戚が祝ってくれたあの夜の模様が強く刻まれているのか
もしれない。
「姉さんは洋の卒業も待たないで、プロ野球選手になるときの晴れ姿も見ないで、
死んでしまった。不運だった」
「……叔母さん、今、頭に浮かんだのだけど、叔母さんがぼくの卒業式に出席す
るときに、母ちゃんの写真をこっそり持ってきて下さい」
「こっそりではなく堂々と胸に抱えていくよ。あと三か月だね」
「うれしいです。そうすれば、母ちゃんにぼくの卒業式を見てもらえます。入学
式にも出られなくて、母ちゃんは寂しい思いをしたと思います。遺影になってし
まったけど、卒業式を見ることができて喜ぶと思います」
洋は高校の入学式のとき、父母の席に母の姿を見ることはできなかった。悲し
かったが、憧れの高校に入れただけで幸せだ、と寂しさ、悲しさを打ち消してい

た。離島の中学から来た洋に監督をはじめ、野球部員は挙（こぞ）って親切だった。

高校に入って二十日ほど経っていた。四月下旬の太陽は西に傾きかけて、微風がユニホームにやさしかった。洋は、鹿児島県の高校から野球留学をしているというキャッチャー、崎山（さきやま）を相手に、からだをほぐしていた。入学してすぐに彼に出会ったとき、洋は運命的なものを感じていた。

このところ、彼は毎日、全体練習に入る前に洋のボールを受けてくれている。洋は、野球が楽しくなり学校生活にも、寮生活にも慣れていった。このように毎日楽しく野球に打ち込んでいれば、三年後には、分相応という言葉から飛び出して、分以上の成長が待っているかもしれない、と未来に思いを馳せていた。

西の空の太陽の光を背に、崎山がミットに収めている洋の、今日のボールはストライク続きだ。全体練習が間もなく始まる。

校内放送がグラウンドに流れてきたようだった。洋は夢中になると雑音が耳に入らなくなることがある。小学校の頃、校庭の片隅で、一人でボール遊びをしていたときに培われたものだと思っている。

崎山がミットにボールを収めたまま、洋の前に立った。

「おい、西田。あの放送、聞こえただろう？　お前にだよ。緊急電話だって」

「えっ？　そうだったの？」

洋は、息せき切って学校の事務所に飛び込んだ。事務職員の女性が、島の叔母さんからよ、と素早く洋に受話器を渡した。

「もしもし、叔母さん、どうしたの？」

「洋！　まだ学校にいてよかった！　母ちゃんがヘリで北部病院に運ばれた。すぐ来て！」

洋は受話器を持ったまま、前のめりになり床にうずくまった。教頭が駆けつけて、事情を呑み込むと校長にいち早く説明し、洋を自分の車に乗せて、校庭を後にした。その間十分もかかっていない。気が付くと、洋はユニホーム姿のままだった。

「北部病院は、高速を通れば二時間ちょっとだろう。叔母さんは、『姉は農作業中に事故に遭い、島には病院がないのでドクターヘリで名護に運ばれたんですが、大丈夫だと思います』とおっしゃっていたので、お母さんは大丈夫でしょう」

教頭の励ましに、幾分落ち着きは取り戻したものの、洋は助手席で、

（事故ってどんな事故だ？　どうして母ちゃんが？）

独り呟きながら足の震えが止まらない。

（高校合格祝いの夜、母はぼくの部屋に来て話をしてくれた。話の内容は衝撃的で、その上、全てを語ることなく部屋を出ていった。そんな母をぼくは睨みつけた。高校に入ってからそのことも頭を過り、あのときは、母もあれだけのことを話すのに精一杯だったのだ、と反省し、高校生活を一生懸命頑張って卒業すれば親孝行ができる、と思って頑張っているところなのに……）

洋が病院のＩＣＵ病棟に着いたとき、母は白のシーツに覆われていた。死因は胸部の出血多量ということだった。医師がシーツを取り払って、洋に向かい、

「出血多量でここに運ばれたときは、手の施しようがなかった……」

と頭を下げた。

「母ちゃん、どうして？」

堪えていた涙が一気に零れ落ちて、洋は母の胸に顔を埋め、泣き崩れた。

叔母が洋の背中を摩りながら、

「苦しい家計の中で、あんたに野球を続けさせるために、母ちゃんは今朝も早朝

から耕作に出ていた」

　叔母の声に、洋は姿勢を戻して叔母の話に傾注した。

「そこで、最近、集落をうろつく、精神的な病のある四十代の男に襲われ、胸部を刺された。男は七十代の母親と二人暮らしで普段は名護にある病院にいるのだけど、症状がよくなって一時退院中だったらしい。姉さんは息切れするほどの症状を隠したり、血圧の薬を飲み忘れたりすることもあったから、抵抗する力がなかったのだと思う。姉さんがかわいそうで……」

　叔母の目から涙が溢れている。刺された、苦しい家計という言葉に、洋は胸が圧迫されて、心の中で叫ぶことで跳ね返そうとしていた。

（畜生！　島には高校がないから、親は子どもを高校にやるために無理をしなければならないんだよ！　母ちゃん、ごめんなさい）

　洋の場合、授業料と生活費（寮費）は村の補助を受けていて、母の負担は大きくはなかった。それでも、野球を続けていくのには、普通の生徒より小遣いも多目だろうからというのが、送金するときの母の口癖だったという。

　追って、涙が一気に流れた。叔母が洋を抱きしめた。

翌日、母の遺体と共に洋は島に帰った。

初七日の前夜に、親族が集まり、

「何で静江が災難に遭うのかと思うと、悔しくてならない。一時退院中の、精神に障害のある男に賠償責任を問えるかはわからないけど、男の母親も高齢だしね。ぼくたちもそれぞれ家庭にゆとりはないが、僅かずつでも出しあって、洋に高校を卒業させてやろうじゃないか」

口火を切ったのは、洋の伯父にあたる母の長兄のようだった。洋は、台所で食器を洗っていたが、水を止めて、座の話に耳を傾けた。伯父は続けている。

「キヨは独身だから、この家に入って洋の後見人になる。公的な手続きは後日でいいだろう。後見人と言っても金銭面ではあまり負担をかけない。皆で援助するから。そんなところでどうだろう?」

「それでいい」「その案に賛成です」「そうしよう」

座の、それぞれの声が洋の耳に届いた。伯父が洋を呼んでいる。洋は濡れた手を布巾で拭き、居間に行ってキヨ叔母のそばに座った。伯父は、

「洋、母ちゃんにはとても気の毒なことだったけど、これからのことは何も心配

することはないんだよ。せっかく有名校に入ったんだから、野球も勉強も一生懸命頑張ろうな」

やさしく洋の肩を撫でた。叔母が話し合いの締めをするようだ。

「兄さん、皆さん、ありがとうございます。私が洋の後見人になっていいものか分かりませんが、これからは洋を自分の子どもと思って、洋の成長を見守りたいと思います」

母の遺影の前の線香の煙が、風もないのに揺れているのに気づき、洋は、座に目礼して、新しく線香を供えた。

翌日、村長と教育委員会教育長が弔問に訪れて、

「洋君のことで、ご親族の皆様のご配慮に感謝しています。微力ですが、村にも協力させて下さい。この頃は村でも人材育成のため、本島在住の島の先輩から寄付金を募り、支援資金を確保しています。卓越した才能の持ち主である洋君は、村の宝です」

と、母の霊前で親族を前に語った。村の宝です、と言われて洋の心の震えは止まらなかった。

当時を思い返していると、そばで鼻を啜る音が聞こえた。乾いたと思った叔母の涙が、また顔を出したようだ。ハンカチを目に当てている。

「母ちゃんが亡くなって、もう三年近くだねえ。あのときは、洋が学業を続けられるかが一番心配だったけど、村のお陰もあってこんなに立派になった」

「ほんと。立派になった」

思わず出た自分の言葉に、洋は、赤面を隠し得なかった。

叔母が涙顔のまま、にこっと笑い、

「洋、偉い！　その調子だぞ」

頭を撫でてくれたのでほっとするやらこそばゆいやらで、地に足が着かない思いだった。叔母は続けている。

「今、思いついたのだけど、洋は、明日の朝、1便に乗る前に役場に寄って村長さんたちにお礼を申し上げた方がいい」

叔母の顔に明るさが戻っている。叔母の涙は、うれし涙に変わったのだと洋は思った。

「ありがとう。村に助けてもらったことはずうっと頭の中にあります」

「今朝、村長から電話があったとき、講演を依頼するのだと聞いて叔母さんはびっくりするやらうれしいやらで、つい村長にお世話になったお礼を言うのを忘れてしまって。洋もお礼に伺うと思います、と言うのも忘れてしまったさあ。ねえ、洋、あんたは講演を依頼されたのよ。凄いんじゃない？　村長も凄い！　明日の朝、洋を送るとき、役場に寄って一緒にお礼を申し上げよう。講演を引き受けるのは、あいにくこの度は一泊なので、今度帰ってきたときに、ということにして……」

「ありがとう、叔母さん。そうして下さると助かります」

叔母も洋も、講演と聞いて何度もうれしさと驚きを味わった。

「考えてみると叔母さんは、本当は、村長さんに会うのは恥ずかしいのよ。洋の後見人とは名ばかりで、村長さんたちと一緒に甲子園に応援に行くこともできなかったんだからね、叔母さんは。ごめんよ、洋」

「何言ってるの、叔母さん。テレビの前で一生懸命応援してくれたじゃない？だから決勝まで行けたんだよ、ありがとうございました」

そう答えて、洋は、その一年前、準決勝戦で負けた日の夜のことを思い出した。宿舎の部屋のベッドは前夜と同じなのに、昼間の試合のことが脳裏にこびりついて、なかなか寝付けない。

——昼間、試合後のグラウンドで、泣き崩れる部員に、あちこちから激励の声が何度も届いた。その温かい声援に、負けた悔しさは癒やされていた。

アルプス席の応援団の前に整列して、深々と頭を下げたときは、

「よく頑張った！　ありがとう！」

最初の声がはっきり耳を捉えて、その後は大声援に消された。拍手がカチャーシー（三線の曲の一種で、テンポが速い。その曲に合わせて踊る踊りで、普通は祝いの座の最後に弾かれ踊られる）の舞、太鼓、指笛の音色と共にアルプス席いっぱいに広がり、部員たちを称えた。全ての声援が届き、部員たちは己の頑張りをほめた——

良いことを頭に浮かべているのに寝付けない。二人用の部屋で、そばには五分も経たずに寝てしまったルームメートが寝息を立てている。昼間の、マウンド上でのアルプス席の光景が脳裏を離れない。毎年、沖縄代表の試合のときには、ア

ルプス席は溢れんばかりの応援団になる、という新聞報道を目にしていたが、今日はアルプス席といい、内野席、外野席、全て満席だった。この試合に勝てば決勝戦に行けるから？　勝ちたかった……。二年前の、夏の甲子園、沖縄勢初優勝の、あのチームに続きたかった。あのチーム同様、ぼくたちも、百四十万人余の沖縄県民の願いを背に頑張ってきたのに……。

いつの間にか寝付いてしまったらしく、気が付くと、ルームメートの足が洋のおなかに投げ出されたように置かれていた。

夜中、洋は母の夢を見た。母は枕元に座り、洋の頭を撫でている。

「洋、よく頑張ったよ。立派だった。みんなは親が付いてきているのに、洋は一人でごめんね。でも、洋は大舞台で誰よりも格好よかったよ。頼もしかったよ」

「ありがとう、母ちゃん」

自分の声で、洋は目が覚めた。

（母ちゃんが生きていたとして、島から甲子園に来るのは容易ではない。母ちゃんは天国から見守ってくれている。来年も来るぞ！）

部屋の天井を仰ぎ、独り誓った。

再び甲子園に

その夏がやってきて、青空の下、学校のグラウンドで、一、二年部員の強化練習が始まっていた。練習前の、ミーティングでの監督の一声は、「メンタル面の強化」だった。監督は、去年の夏、甲子園で記者団に囲まれて「来年の優勝に備えて？」と問われたとき、「メンタル面の強化です」と答えていた。

その言葉を聴いて洋は、これまでだって監督は、部員を精神面で鍛えてきた。準決勝戦でその成果が出なかったのは、ぼくに原因がある、と思った。だから今、この強化練習で鍛えられなければならないのは投手のぼくの方だ。うかうかしているとエース番号を外さなければならない目に遭う。同じ二年生の二人の投手の成長は目覚ましい。と監督の目を見つめて自分に言い聞かせた。

監督は続けた。

「転んだら起き上がれ！　転んで、転んで、起き上がれ！」

そして、監督は、県民の熱望に触れた。

県民の切なる願い、部員たちはそれを強く意識している。心に刻み、練習に励む部員の顔に、時折プレッシャーとなって表れる。練習時にプレッシャーを感じていては、本番ではどうなるの？　という声が部員の間に飛び交う。そうかと思うと、練習時にプレッシャーを感じ、それに耐える訓練をしていれば本番ではきっと平気だよ、という部員もいる。

監督に「精神を鍛える基本は、走ることだということを、みんなに何度も言ってきた。走り足りないと思う者は一人でもどんどん走っていい」と言われる前に、部員揃って朝夕、海からの心地よい風も受けて、何周も校庭を走る。南部水産高校は、校舎の至る所に高く伸びている樹木の恵みだけでなく、糸満市の埋め立て地に建てられた故の、海風の恩典も受けているのだ。

練習に練習を重ねて、チームは前年同様、熾烈な県大会を勝ち抜いた。甲子園入りしたチームの姿には、右から見ても左から見ても成長の跡が窺えた。チームに続いて甲子園入りしている沖縄県の各マスコミは、

『チームの、県大会での好調さがそのまま甲子園に引き継がれている。今年こそ優勝まちがいない！』

と報じ、本土のマスコミも、

『今や沖縄県で勝つのが至難の業で、去年に次いで地区優勝を勝ち取ったこのチームは、今年こそは、甲子園で去年のベスト4を一気に越えて全国優勝を果たし、一昨年に続いて、県勢二度目の優勝旗が海を渡っていくことになるでしょう』

と、同じく優勝を声高に予想して報じた。

報道に県民が湧いている。県民の誰もがチームの優勝を信じている。などと、沖縄から伝わるニュースは『優勝』の二文字に尽きていた。だからぼくたちは絶対に優勝するのみだ、という一人ひとりの暗黙の決意は、同時に部員にとって大きなプレッシャーとなっている。監督は、そのことをたちどころにキャッチする。

「あれだけの練習をこなした自分を信じろ。君たちはできる。捕球が無理だと思われる球が飛んできても、練習のときに捕っていた球だ、と自分を信じていると捕れる。そのときは凄い拍手が君たちを称える。割れんばかりの拍手の中で、一瞬でも自分をほめろ。そうするともっと自信がつく。ぼくはこれまで厳しいばかりで、君たちに、自分をほめることを教えてこなかった。申し訳ない」

一回目の試合のある、全国大会四日目の前夜、監督は、就寝前のミニ・ミーティングの席でチームにやさしく語った。

監督の顔に見入って、洋は自分に語った。

(ほんとに監督は厳しかった。けど、とてもやさしい監督で、一日一回はほめられたような気がする。監督にほめられたから、ぼくは知らず知らずのうちに、一人で練習しているときも自分をほめるようになっている。ぼくは自分を信じて、まずは一勝する。自分と監督への最初のプレゼントだ)

九時の消灯時には、ちょっと前にベッド入りした部員全員が、寝息を立てていた。


三塁側のアルプス席から聞こえる指笛が洋の心を捉えた。指笛は幼少の頃、お祝いの席で聞いた響きを彷彿させる。あのとき、奏でる大人たちを見て、指を口に入れるだけでも苦しいのに、どうしてあれだけのメロディーを出せるのだろうと不思議に思った。

続いてアルプス席から流れてきたエイサーのメロディーが耳に心地よい。太鼓の音もいい。あの中に、部員の両親がいるんだよな。一瞬、洋の脳裏を掠めるものがあったが、すぐに追い払った。試合は6対1で勝った。チームにとって甲子園初戦だった。対戦相手は南北海道のそなん商業高校だった。

試合後のグラウンドで監督は、

「よくやった！　初戦を乗り切ると、お前たちの本来の力の出番だ」

とほめた。監督のこの言葉通り、チームは二回戦、三回戦、四回戦……と勝ち進んでいく。

決勝戦の日、真夏の甲子園は、朝から上昇気味の気温が正午前には三十三度になった。

「どうしてこんなに暑いんだ？　沖縄より暑いよー」

早くもタオルを手にする選手たち。監督が選手に向ける声は、穏やかだが気勢に満ちている。

「確かに暑いよな。けど我々ウチナンチュには、ちょうどいい具合の気温じゃないか？　相手チームはこの暑さには参るだろう。さあ、行こう！」

主審、塁審の整列に伴い、チームが一斉に整列した。目の前に同じように一列に並んでいる相手チームが偉く見えるのはなぜだろう？　そう思うと、洋は、即、自分を鼓舞していた。

(このチームは、準決勝で石川県の、有名な実力高校を破って決勝に臨んでいる大阪の強豪だ。偉く見えるのは当然だ)

そして、監督の、『自分を信じろ』という言葉が洋の脳裏を捉えた。

満場の拍手に迎えられ、それぞれのポジションに就く。洋は、今回は裏攻撃だ、押さえれば味方が得点してくれる、今年の打線は去年よりいい。などいつもの癖で、自分に言い聞かせていた。

サイレンの音と共に投げた球で最初の打者をセカンドゴロ、次の打者は三振、三番をセンターフライ、と良い滑り出しだった。

裏になって点を取ってくれると思っていた南部水産高校打線も、あっけなく三者凡退。守りの時間が二回、三回と長くなっていく。四回、五回も二、三回同様、打者を出して、二塁、三塁まで進まれたが、無得点に抑えた。

0対0で迎えた五回裏、南部水産高校の攻撃になった。ランナー二塁で洋に打順が回ってきた。監督からの指示はなかった。バットを軽く持ちバッターボックスに立った。

アルプス席で鳴り続けていた指笛、カチャーシーミュージック、太鼓の音が、ひときわ大きくなっていく。沖縄民謡の『ハイサイおじさん』（喜納昌吉作詞・作曲。沖縄の高校野球の甲子園でのチャンステーマ応援歌）が奏でられて踊り出す人もいる。声援が洋を勇気づけている、洋はそう思った。これまでにない感触でボールがバットに当たったと思った。二塁に出ていたランナーが、洋のヒットと相手のエラーでホームに帰ってきた。

一点の先行で洋は六回のマウンドに立っている。秒を刻むような声援が洋の全身を突く。キャッチャー、崎山がマウンドにやってきて、声を掛けた。

「いつも通りで行こう！」

やさしくて迫力のある声だった。

洋は、先行しているのではなく、一点ビハインドなのだと思えば楽に投げられる、と自分を鼓舞してボールを握り直した。しかし、最初の甘く入ったストレートを打たれた。続いて四人の打者にカーブ、スライダー、フォーク、ストレートと打たれ、2点を失った。背中にはなお、三人のランナーを背負っている。監督が洋を外野に回した。この六回の裏のマウンドに控えの投手が立った。洋はこれまで何度も外野を経験しているが、今日の外野は洋を落ち着かせてくれない。グローブを手に、空を仰いだ。全てに祈りを捧げたい気持ちだった。マウンドに立っている投手に、三人もランナーを出してごめんね、と心の中で詫びた。渾身の力をふりしぼって捧げた祈りは届かなかった。洋の出したランナーが二人ホームインした。

七回は、表裏とも両チームに得点はなかった。

八回になって監督は、洋をマウンドに戻した。監督のこの采配は、残された二回の攻撃でチャンスはある、とナインに確信を植え付けるものだった。スコアは4対1で、2死満塁だ。チームは、このようなピンチを以前に何度も切り抜けている。1失点で留めることができた。

5対1のスコアで始まった八回裏の攻撃は、無得点だった。けれど、九回表の攻撃をゼロに抑えれば味方が点を取ってくれる、と洋は、マウンドで、命を懸けるつもりで全神経を集中した。九回のマウンドを降りるとき、洋は、

「抑えることができた！」と十字を切った。

九回裏の攻撃に向かうナインの背中に洋は、4点の差を絶対に取り戻すのだ、

という意気込みを感じていた。監督が動く。八回に続いて控えの打者を送った。送り出された控え二人は揃って内野ゴロに終わった。

ベンチで、洋の隣に座っている崎山が貧乏揺すりをしている。洋も落ち着きをなくしていた。が、去年の夏、県大会で、ほとんど敗戦だった（九回表でスコアは4対1。チームは裏の攻撃）のをひっくり返したことを思い出し、「延長」の二文字が洋の頭をよぎった。洋は立ち上がった。足がブルペンに向いていた。

しかし、洋のからだはブルペンに届かなかった。対戦チームのアルプス席からの歓声で洋の目はグラウンドに戻された。最後の打者のショートゴロが洋の目に覆い被さった。

審判の合図で整列した。洋は、顔を上げることができない。顔を上げて優勝チームを祝福したいのに、涙が止まらない。今年も、糸満市民、県民の願いを果たせなかった。

三度目の正直？　その言葉の恩典はぼくたちにはない。勝ち取るにも、ぼくにも崎山にも来年はない。そう思うと涙が溢れるばかりだった。零れきったところで、洋は、二度も甲子園に出られたのだ、偉いじゃないか、幸せなのだ、と気持ちを切り替えた。そして、なんと未来が見えてきたと思った。後輩が、ぼくたちが果たせなかった優勝を勝ち取ってくれる、確信めいたものが頭を過って気が楽になった。

部員と一緒に目の前の相手チームを声援と握手で称え、急ぎ足でアルプス席の前に整列した。盛大なカチャーシー、太鼓、指笛、と奏でられる声援は、部員一人ひとりのからだを温かく包んだ。

後輩たちが、ぼくたちが果たせなかった優勝を勝ち取ってくれる！　甲子園の熱気に浸っている洋に、墓の前にからだを預けている叔母の強い視線が注がれるようだ。

「エビ全部食べたね。ありがとう。洋の話も仕草も、ほんとに親孝行になったよ。墓の中で姉さんはとても喜んでいるよ。洋の食欲を見て、安心しているよ、きっと」

「とてもおいしかったから。ぼくこそありがとうございます」

ベスト4、準優勝どまりだったとはいえ、二度も甲子園に出られたのは、ラッキーだった。監督の、ものごとは肯定的に捉えるものだという教えが心に沁みついているから、未来も見えてくる気がする、とあの甲子園で、涙の中で自分を励ました。

（そうだ。あの山だ！　登りたい！　けど、今度はだめだ。思えば、母と一緒に登ったあの山は、ぼくの原点だった。頂上で、ぼくは、未来も見えてくる、と母に教わっていたのかもしれない。プロ野球球団の指名を受けて、入団が決まったら、もう一度、母の墓参りに帰ってくる。そのとき、登るのだ！）

重箱のご馳走は、ほとんどなくなっている。二、三度、飛んできては消えていった一頭の蝶も姿を消してしまったようだ。母の声も聞こえたと思った。洋は姿勢を正して、叔母に向かった。

「叔母さん、朝からいっぱいご馳走を作って、母ちゃんの墓参りをさせてもらって、ありがとうございました。今日はこのあと親戚回りだよね。親戚回りが終わったら、母ちゃんの仏前で二人でとゆっくりお話をしましょう。そして、明日の朝は早めに家を出て、村長さんにご挨拶してフェリーに乗ります。明日まで滞在することができたら、本当は、母ちゃんと登ったあの山に登りたいのだけど、今度帰ってきたときにします」

「そうなんだ。洋は山に登りたいんだ。叔母さんは分かっていたよ。一日余裕があれば、洋は山に登るのかもしれないと。洋が小学校四年のとき、母ちゃんと山に行ったのも一日がかりだった。明日は、洋がプロ野球選手に指名される日だもんね。まさか、本人は山の上で、会場にはいないなんて、そんなことがあってはいけないもんね。明日、運天港から学校へ直行の手筈はできていると聞いているので、叔母さんは安心している。監督さんや部員たちに迎えられて、会場に入るための準備をする時間もあると思う。いよいよ会場で洋は指名を待つ！」

叔母が幾分興奮気味なので、洋は、

「叔母さん、よく分かりました。ちょっと、落ち着きましょう」

と、叔母の背中を右手で摩（さす）った。

「あっ、ごめんなさい。ほんとに興奮している……。指名されると、ニュースがすぐ伝えてくれるから、叔母さんがご馳走を作って仏前に報告するよ。明日も大忙しだ。うれしいなあー」

落ち着きを取り戻した中で、なおも熱く語る叔母の表情に、洋は喜びを抑えきれず、

「ありがとう、叔母さん。ぼく、きっと指名されると思います。落ち着いて頑張ります」

言葉を選んで言った。そして、叔母が姿勢を正すようなので、洋も続いた。

「姉さん、よかったね。いっぱい、洋の話を聞くことができて。家に帰ってから、また二人で話してあげるからね」

「母ちゃん、また、あとでね」

荷物を整えて、車に乗せようとして、洋は、

「叔母さん、どうしてぼくが四年生のとき、母ちゃんと山に登ったのを知っているの？　ぼくは叔母さんに話した覚えはないけど」

「知っているさあ、洋。これでも私は物知りなのよ」

洋は高校の休暇で帰省したときは、叔母に学校のこと、友だちのこと、野球のことなどを話していた。四年のとき、母と山に登ったことはずうっと前のことだから話していない。二人の笑い声を、風が墓の中に運んでくれている、と洋は思

った。

指名を待つ洋

南部水産高校の大会議室の入り口に、崎山と一緒に立っていた洋を、教頭が、

「お帰りなさい。間に合ってよかった！」

安堵の表情で、手を取るように席に案内した。

ドラフト会議の指名を待つ、大会議室は熱気に溢れていた。洋の席は、監督と校長の間に用意されていて、周りには重そうなカメラを肩に担いでいる、マスコミ関係者らしい人々の姿もあった。壁の大時計は五時を指している。

洋が席に着くと、三方からカメラマンが走り寄ってきた。崎山は部員の待つ列に行くようだった。二列に並んで整然と椅子に掛けている部員たちの、緊張の気配が洋に伝わった。

（部員たちも平常心ではないのだ。一時間近くも、ぼくのために張り詰めた状態で待ってくれている。三年間、ほとんど毎日、一緒に厳しい練習に耐えてきた仲

間たち。毎日世話になった。その仲間たちが、ぼくが指名される瞬間を待っている。どうしても指名されたい……）

大会議室正面の壁に据えられたテレビに、ドラフト会議での各球団の第一巡選択希望選手の名前が出た。一位指名はないと分かっているので、洋は、十二球団の監督たちの奮闘振りを冷静に見ることができた。大学、実業団、高校と有力候補に挙がっている選手には、幾つもの球団の競合があって、くじを引き当てた監督は得意満面。洋の意中の球団の監督だった。洋はうれしくなった。ひょっとしてこの監督の、第二から第六ぐらいまでの選択希望選手に入ったら、ぼくはカチャーシーを踊り出すかもしれない。

次の、第二巡選択希望選手の番になって、洋の名前は挙がらなかった。洋は、ぼくが二位指名を受けるなんてあり得ない、六位まではまだかなりある、落ち着いて待つのだ、と自分を勇気づけた。

「第三巡選択希望選手、西田洋、南部水産高校投手」というアナウンスが聞こえた。司会者の、「西田の話題が出てきました」と言うのも続いた。画面は、甲子園での試合の模様が、――沖縄に西田あり、と言われた怪物。二度の甲子園出場、ベスト4、準決勝でその名を全国に轟かせた将来性抜群の十八歳――というナレーションと共に流れた。

洋の顔写真が出て、司会者は、

「二球団の指名になりました、T球団とA球団の競合になっています。果たしてくじを当てるのはどの球団でしょう? あっ、T球団が当てました。T球団は三連勝です」

と伝え、

「沖縄の南部水産高校に行っている、吉田アナウンサー、西田洋さんにインタビューをお願いします」と続けた。

男性の司会者に応えて、女性のアナウンサーが、

「はい、南部水産高校で待機している、アナウンサーの吉田です。西田さんは監督や部員の皆さんとずうっとテレビに見入っていて、緊張のご様子でしたが、指名を受けて、意中の監督が引き当てた瞬間、お顔が綻びました。では、西田さんに喜びのお言葉を頂戴したいと思います」

マイクが洋に向けられて、

「西田さん、おめでとうございます。今のお気持ちは？」

「はい。素直にうれしいです。未熟なぼくを指名して下さったＴ球団の監督に感謝します。一生懸命頑張ります」

フラッシュが飛び交う中、部員たちが洋の所に寄ってきて、

「やった！　やっぱり洋だ！　洋は凄い！」

「洋、おめでとう！　我がチームからプロ野球選手誕生だ！」

「おめでとう、洋！」「おめでとう、洋！」「ビッグな球団の指名じゃないか？」

「洋、意中の球団だよね。やった！　胴上げはグラウンドでだ」

と、喜びを分かち合っている。

沖縄のテレビ局らしいカメラマンが洋の斜め向かいに立ち、マイクを手にしたアナウンサーが、

「洋さん、ほんとによかったですね。一番にどなたに喜びを報告しますか。やはりお母さんですか」

「はい、ありがとうございます。一番に母に手を合わせ報告して、いずれ伊名に帰って母の墓前に報告したいと思います」

「ほんとにおめでとうございました」

校長が監督に、

「監督、私たちの番がやっと来たようです」

顔を向けるように言うと、洋の両手を取り、

「洋君、おめでとう！　我が校のプリンス、西田洋がついにプロ野球選手です。監督が長い年月をかけてこの学校の野球を全国レベルに導きました。私は今、天にも昇る気持ちです。洋君、ほんとに、ほんとにおめでとう」

涙ながらに強く握った。洋は、ありがとうございます、を繰り返した。

監督は洋を抱きしめて、

「洋、よく頑張った。お前の世界はこれからだ。洋という名の太平洋に向かって羽ばたけ！　私ができることは皆、お前に授けた。頑張れよ」

監督の温もりに洋は震えが止まらなかった。

翌十月二十六日の地元２紙は、

『南部水産高校、夏の甲子園二度の出場、準々決勝、準優勝投手、西田洋がプロ

野球T球団の三位指名を受ける』

とトップ記事で報道した。同じ日に、T球団の監督とオーナーからの祝福の電話を受けた。監督は、

「幾つかのスポーツ新聞が大きく報道していますよ。お互いに頑張りましょう」

力強く心のこもった挨拶だった。

「よろしくお願いします」

二人の励ましに、洋は涙声で答えた。

週明けの十月二十九日。球団オーナー、監督が学校を訪れて、洋は、監督と一緒に契約の席に臨んだ。意中の球団の三位指名を受けるなんて、なんと光栄なことか。洋の顔は緊張の色に包まれていた。同席の監督が洋に笑顔を向けている。提示された契約金、年俸が想像を超えた高額なので、監督の笑顔でほぐされていた緊張感が再び顔を出した。監督に視線を向けると、笑顔でVサインを送っている。今までに見たことのない笑顔だと思った。洋は、幾分震えている手で契約書に署名をした。

年が明けて一月下旬の冬日和。洋は運天港から伊名島行きのフェリーに乗っていた。卒業休みを利用して今度こそ母の墓前に卒業とプロ野球入団を報告するためだ。島に帰る際に乗船するときは、周囲の景色を堪能したくてデッキに上がる。デッキにはほとんどと言っていいほど、若い女性たちが大声で語り合い、飲んだり食べたりしている場面に遭遇する。今日も、真冬なのに日和が良いせいか、大勢の老若男女が乗船している。

しばらく人の行き来を観察していたが、客室に行って、大きな窓から見渡せる風景に見入ることにした。客室も、満席に近かった。

伊名村の仲田港では村長と叔母が待っていた。

「洋、お帰りなさい。やったね。プロ野球選手だよ。おめでとう」

「ただいま、叔母さん。ありがとう」

ハグで迎えた叔母にハグを返して、洋は村長に向かった。

「ありがとうございます。お迎えいただいて、とても恐縮です」

「いいえ。そんな。お帰りなさい。洋さん、ほんとにおめでとうございます。指名は確信していたんですが、村から初めてのプロ野球選手だと思うと、こんな小さな島から、こんなこともあるんだ、と夢のようです。重ね重ねおめでとうございます」

「ありがとうございます。私がプロ野球選手になれるのは村のお陰です。長い間、ご支援をいただき、ありがとうございました」

洋は深く頭を下げた。

叔母はハンドル捌きも軽く、ボストンバッグもろとも、助手席に乗った洋に向かう。

「洋、今日も叔母さんはクヮッチー（ご馳走）を作ってきたからね。いつもは餅とウサンミ（御三味。沖縄の重箱料理）を重箱に一つずつだけど、今日は、餅二箱、ウサンミ二箱と二倍にしたさあ。何しろ、とってもとってもうれしい報告だからね。お供えして、母ちゃんと一緒に食べようね。おいしいよー。ウサンミには洋の好きなものをたくさん入れたからね」

「わあ、うれしいです。早く着かないかな」

「叔母さんは安全運転だからね。今日は天気も良いし、最高だね。一月にこんな日って滅多にないよ。全てが洋を祝福している」

「ありがとうございます」

道中、窓外から望める海は叔母が言うように、冬日和と正比例しているようで、長閑だ。洋はコートを用意してきたが、叔母にも洋にも不要のようだ。

墓に到着すると、クワッチーのお供え準備をするのももどかしそうに、叔母は、母に語り始めている。

「姉さん、洋が一段と立派になって帰ってきたよ。ご馳走もすぐ供えるから待っていてね」

墓の周りがきれいに掃かれて、四つの重箱が墓前のご馳走を載せる段の上に置かれた。洋も叔母を手伝って、お酒を供え、線香を点した。

「洋、ここに座って。二人で母ちゃんに話そう」

そう言うと、叔母は真剣な面持ちに変わった。

「姉さん、洋を撫でてあげてね。洋は、ほんとに立派になった。前回来たときより一段も二段も大人になった。有名球団への入団が決まったからかねえ。姉さん、うれしいね。ほんとにうれしいよ」

途中、涙声になった。洋はポケットからハンカチを取り出して叔母の手に握らせた。

「洋、さあ、母ちゃんにたっぷり話して。母ちゃんは洋が話してくれるのを一番に待っているのです」

洋は道々用意してきた言葉を並べた。そして、

「母ちゃん、ぼく、太平洋のように大きく羽ばたくからね」

両手を合わせて、しゃがみ込み深々と頭を下げた。

「上等、上等。姉さん、よかったね。さあ、一緒に食べよう。洋、好きなものから取って食べて」

洋がお箸を手にするのを待っていたように、一頭の蝶がすうっと、重箱のご馳走にその華麗な姿を預けた。なんときれいな蝶だ！　洋はお箸を膝の上に置き、蝶を眺めていた。

「わあー、姉さんも今日はとってもうれしいんだね。こんなにきれいで。さあ、たくさん召し上がって」

蝶が二人の肩を交互に行き来している。洋はお箸を手に戻して、好きなエビフライから取り皿に載せた。

二つの重箱のエビフライがどんどん無くなっていくので、叔母が、

「やっぱり洋はエビが大好きなんだね。家にもたくさん用意してあるので、帰ってから腹いっぱい食べなさいね。そう、そう、港で村長と待っているとき聞いたんだけど、村長は、やっぱり洋に講演をしてもらいたいんだって。内容とか、時間は前回話した通りでいいみたいよ。夜、電話があると思うので、話し合ってね。引き受けたら村長はとても喜ぶと思うよ」

「ありがとう、叔母さん。今度の帰郷は、母ちゃんへの報告、親戚回り、あの山に登ること、講演、と決めていたので大丈夫です。全部やりとげます。今日は、このあと親戚回りをさせて下さい。明日は、一日がかりで山に登りたいです。講演は明後日の午前中に。前に決めたように、講演会場からそのまま乗船、ということで」

「はい、上等さあ。今度は一日多いだけでも十分さあ。本当は、もっといて欲しいけど、天下のプロ野球選手だもんね。すぐ、キャンプに合流するんでしょう」

「そうなんです。叔母さん、よく野球のことを知っていますね」

「あら、私、息子は野球選手だよ」

「そうだった。失礼しました」

二人の笑い声で、母の、別れの悲しみが癒やされている、と洋は思った。

再度の山登り

「洋、昨日に次いで今日もいい天気だよ。小学校四年だった、母ちゃんと二人で登ったときも一日がかりだったよね。気をつけて行っておいで」

朝食の席で、洋は、一瞬、叔母に一緒に山に行って欲しいと思った。母が言い残したことは、叔母が話してくれると信じているところがあって、山の頂上でなら叔母は話しやすいかもしれない。しかし、母と登ったあの山の頂上では、ぼくは、叔母にしつこく訊き出しかねないだろう。きっと叔母は困ってしまう。その思いが言葉にするのを控えさせた。

洋は一人山に向かった。山の登り口まで来て、山道に赤土が露出しているのに気づいた。

「前はそうではなかった……。これは、野球で鍛えたぼくの足でも、登り詰めるにはかなりの時間がかかりそうだ。やはり、叔母さんと話したように一日がかりになるのかもしれない」

足を一歩、踏み入れて、洋は声に出した。そして、楽しいことを考えながら登れば、赤土にまみれることなく頂上まで辿り着ける、と見込んだ。

洋は、昨日の墓前での話をはじめ、家に帰ってから叔母が話してくれたことや、明日のことなどを思い浮かべることにした。昨日、母の墓の前で、叔母と交わした会話は、ぼくを勇気づけてくれた。夕方、親戚回りを終えて、家で寛いでいたときの叔母の話は、何十年も前の、母と叔母の姉妹愛が垣間見られる逸話で、胸が熱くなるのを覚えた。とりわけ母たちが小学生の頃、家の庭に植えられていたシークヮーサー（ヒラミレモン。柑橘類の一種。大きさは直径四ないし五センチ）の木に登って、シークヮーサーを取って食べたとき、互いの顔が黄色くなったので、指差し合って笑い転げた、という件は、「だってねえ、以前は、シークヮーサーは芭蕉布を晒すのに使ったぐらいだから黄色くもなるわよ」と付け加えながら話す叔母のユーモラスな仕草に、叔母と二人の間に笑いが絶えなかった。

そこに、村長から電話があった。

「洋さん、お寛ぎのところ、申し訳ありません。港で、叔母さんにも申し上げたのですが、明後日の講演のことで電話をしました。お引き受け下さるとうれしいのですが」

「はい。前回話し合った内容と時間で、と叔母から聞いています。未熟者ですがよろしくお願いします」

村長は夜、電話をしてくると思うよ、と叔母が言っていた通りだった。洋は、叔母からその話を聞いたとき、心積もりはしていた中で、ぼくに、ほんとうにできるのかな？　と訊いて、できるよ、洋！　と叔母に背中を押されたことを思い出していた。

「ありがとうございます。前回も少し触れたと思いますが、講演と言ってもインタビュー・ダイアローグ（インタビュアーとの対話方式）で、インタビュアーはやさしい女性の先生です、もう一人は男の先生だけど、体育の担当だから楽しくお話ができると思います」

村長の声はオクターブが上がり気味だった。そのとき、洋は気が楽になっていた。話す内容を前もって考える必要はない。訊かれることに答えるだけだから。

どんなことを訊かれるかは想像できる。

　それらのことを思い浮かべながら登ると、楽に登れると思ったが、赤土の露出した道のせいか、背中のリュックが軽いはずなのに重く感じられる。一休みできる手頃な場所を見つけ、リュックを降ろして木の枝に掛け、枯れ葉で覆われた土の上にからだを預けた。

「母ちゃんと登ったあのときは、道はでこぼこでも登りやすかった。この山にも自然破壊の刃（やいば）が向けられている、と聞いたことがある。この山の姿は変えてほしくないようー」

　独り声に出して言い、空を仰いだ。太陽が東の空から雲に隠れながら昇っている。光が射している分、暖かいぐらいだ。島の人は山には登らないのだろうか、人影一つない。山に登れば、嫌でも赤土に気づくだろうに。あのときも母と二人だけで人っ子一人、いなかった。

　木の枝に掛けていたリュックを手に取って肩に掛けると、また一歩一歩、歩を進めた。木々のそよぎが聞こえてくる。樹の群れからは、ところどころ枯れ葉が覗けた。新芽の頃には楽しく登れるだろうな、と思っていると、もう目の前は山の頂上だった。母が凭れていた柵の方に足が向いた。柵越えに足を踏み入れ、傾斜を推し測ると緩やかなようではあるが、木が生い茂っていて様子が分からない。足で土の硬さを確かめた。土は枯れ葉や草で覆われていて、足元に暖かい。柵を背にあの島に目をやった。

（あの海をサバニで渡った……。サバニの中ではしゃいでいた、あの少年たちの中には、もう、社会人として活躍している者もいるだろうか？　大学生活を楽しんでいる者もいるだろう。年次は異なるが中学までは一緒だった。卒業後入った高校で、野球を続けていたかもしれない。なぜだか、互いに連絡は取り合っていない。離島のハンディキャップを乗り越えるのに皆、一生懸命なのだ、きっと。小・中学校で野球に打ち込んでいるとき、強い絆で結ばれていた。離島で育つと交わす情も強いという。仲本繁は野球を続けているのだろうか？　繁に会いたい）

やがて洋の目は、サバニを離れて水平線に連なる山模様を越えた、遥か彼方に注がれた。一瞬、後ろの方で母の声がしたと思った。柵に手を置いて、海を眺める母の姿も目に入ったような気がした。

「名前が洋だから、この海のような大きな心の持ち主になれるよ」

あのとき、ぼくの肩にやさしく触れながら言った後も、その前も、母は目をあの海に据えたままだったような気がする。目を据えたまま、母は我を忘れていたかに見えた。ここから望める、とめどもなく続く青い海。海の向こうの、これからぼくが旅立つ世界には何が待っているのだろう？　母は、名前が洋だもん、と言った。太平洋のように大きく羽ばたけるように、と願いを込めてつけたのだと思われる、『洋』。

「母ーちゃーん、洋は、羽ばたくからねえ……」

昨日、墓前で誓った言葉が風に乗って飛んでいく……。

洋は広場の芝生の上に行き、弁当を開いた。母が作ってくれたあのときの弁当と同じだ！　思わず、いただきまーす、と叫んだ。

母が目の前に来た。

（洋、叔母さんが作ったこの弁当、ほんとにおいしそうだね。さあ、一緒に食べよう）

「うん。食べよう。ほんとにおいしいと思うよ。母ちゃんが作ってくれた弁当と同じように」

幻の母と向かい合って、洋は箸を手にした。

山を降りて麓にさしかかると、ぎざぎざの残っているススキの葉が風に揺れていた。通り道の芝生は緑一色で、足元に清々しい。道の両側の草も生き生きしている。母と登ったあのときは、芝生も草も、生え具合は地面すれすれで、赤土さえ覗いていた。母は、悲しい顔をして赤土を目で確かめながら、

「草は、生えてくるとすぐに人々に刈り取られるからだよ。洋は、草刈りにここまで来たことはないかな？」

と訊いていた。洋は、山羊の餌になる草を刈りに母ちゃんとここまで来たのに、母ちゃんは忘れているのだと思った。今は牛、馬、山羊の草を刈りに、誰もこの辺りまでは来ないのだろうか。草を踏みつけるのは忍びない。青々と、恰好の高さに伸びている草の群れに目をやりながら歩を進めていた。草の一本一本に陽が当たるから色濃く伸びているのだ、と思うと洋の目は頭上に行っていた。太陽が雲の間に隠れたり、顔を出したりしている。

しばらく天空に向けていた目を草の蒼さに戻そうとして、洋は視線の先に一人

の人間の姿を捉えていた。洋は目を瞠った。若い女性がこっちに向かうように歩いてくる……。いつの間に？　どこから来たのだろう？

女が一人で山に登るのだろうか？　それとも、この山の麓を散策にでも来たのだろうか？　視線が女性の方に向いたまま、洋の頭には、「アルプスの麓」という言葉が浮かんだ。ここはかつて、アルプスの麓に似ていると言われ、農家の人々にとってオアシスだった。他集落の人たちも物見で訪れていた。学校の教師たちは遠足にここを選び、児童や生徒を引率していた。ぼくも小学校の頃、遠足でここに来た。しかし、草は青々でもあの頃の面影はもうない。女性は、アルプスなどは念頭になく、やはり、山に登るのだろう、などと思い合わせていたが、そんなことはどうでもいいのだ、やっと人間に会えるのだ、と気を取り直して、歩を速めた。

ほどよい間隔のところで洋が止まると、女性も足取りを留めた。洋は軽く頭を下げた。女性も笑顔で返している。背が高くて、スリムな体形だ。右手に小さな花束。ロングの栗色の髪が風に靡いていて、前髪も微風を受けて、額を見え隠れさせている。

白に近い薄いピンクのジャケットが、色白の顔にマッチしているが、同色のスカートとのコンビは、山に登る服装ではないな、と思いながら見ていると、右手に持った花束が墓前や拝所に供えるものに思われた。リュックを背負っているようだ。ちぐはぐな装いに見えるが、流行りのファッションの一つなのかもしれない。島の女性ではないだろう。女性も、洋を凝視している。洋は、勇気を出して訊いた。

「すみません。ぼくはこの集落の者ですが、三年ほど島を離れていたので、間違っているかもしれません。あなたは島の人には見えないのですが、どこから来たのですか?」

「はい? あ、そうです。島の人ではないわ、確かに。那覇から来たのよ」

女性の怪訝な表情が気になったが、笑顔に変わっていくようなので、洋は続けた。

「なぜ、こんな所を一人で歩いているのですか。この山にでも登るのですか。この島にはもっといい観光スポットがたくさんありますよ」

女性の装いは、山登りにはそぐわないので、山登りをやめさせたいという思いはあったが、洋は、畳みかけて話しかけている自分に驚いた。

「あのね、那覇から島出身の歌手を追ってここまで来たの」

「追っかけですか」

また、無遠慮な質問をしている。どう見ても女性は自分より年上だ。二十二、三かな？　そう思いながら即座に訊いていたのだった。

「はい、追っかけです……。確かに山には入るけど登るのではないわ。ちょっと芝生に座って話しません？　今、ひょっと浮かんだのだけど、あなたに訊いた方が早いのかもしれないと思うことがあるので」

そう言うと、リュックを外しながら芝生の上に座った。洋も女性の横に座った。洋は、山を下りる途中から人恋しさはあったとはいえ、何らの躊躇もなく話せる自分に驚いた。女性も笑顔に変わってきたので初対面の相手とは思えなくなった。

「追っかけているのは、この島出身の男性です。那覇で活躍している歌手なの。ハンサムで、かっこよくて、そうねえ、歳は三十をちょっと超えているのかな？」

洋は、女性が恥じ入る様子も見せず、自ら追っかけと言ったので改めて安堵した。

「昨日、彼の乗るフェリーに乗ったのに、船の中で彼を見つけることはできなかった。船長が隠していたのかもしれないわね」

女性の顔に悔しさが滲み出ている。洋は、何か口にしなければ、慰めてあげた方がいいのでは？　そう思っているのに、洋の喉元は、女性が言った、昨日、彼の乗ったフェリーが云々でクギを刺されたかのようだった。女性は続けている。

「今晩、この勢理客の隣にある集落の古民家で彼のコンサートがあって、そのコンサートに行くためにこの島に来たのだけれど、切符が手に入らない。一時間ほど前に、会場に切符を買いに行ったけど売り切れていた。準備に忙しそうなスタッフが、この伊名島の観光パンフをくれて指差しながら、『勢理客集落の山の中にある、この拝所を拝めば、どこかで彼に会えて、切符も手に入るかもしれない』と道順を教えてくれた。神頼みと思ってこの山に入るところなの」

（この拝所は、若い女性が一人で入る所ではないですよ）

喉元を出かかった洋の言葉は、女性の自信ありげな表情に遮られた。

「あなた、この島の出身と言ったよね。彼に似ているわ……。ひょっとして弟さんじゃない？　弟さんでしょ？　彼も背が高いのよ」

「…………」

「弟さんよね。弟さんなら、彼の行く先を知っているでしょ？　拝所を拝んでも会えなかったら、行き先を教えてね」

きりっとした目元を覗かせリュックを手に立ち上がって、目を前方に移した。

そして、思い出したように、

「あなた、急いでいる？」

「いいえ」

「それじゃ、悪いけどこれ、重いのでしばらく見ていてくれない？」

女性は洋の胸にリュックを押しつけ、木立の中に入っていく。

「あのう……」

女性の姿を視線で追い、立ち尽くしている洋の両耳を撫でるように、一頭の蝶が行き来している。春に羽化する蝶の活動は初夏から初秋にかけての頃だと覚えている。一月下旬のこの時期にどうしてだろう？　活動期に活動を逃してしまったのだろうか。洋は、両の耳を手で触ってみた。心なしか冷たい。日射しがかげって、空を見上げると、先ほどまで雲の間から覗かれた太陽が消えている。雲の走りも早くなってきた。不思議な気がして蝶を目で追った。黄色っぽい。紋黄蝶だ。小学校の頃、理科の時間に蝶のことを学んだとき、モンキー様！　と言ってクラスメートと笑い合ったことを思い出していると、不可思議な感覚が遠退いていく。蝶も羽を翻して去っていった。

洋の声に女性が振り向いた。

「なーに？」

女性の声は、早くもエコーのように聞こえる。蝶が洋の頭上に戻ってきた。洋は頭（かぶり）を振り思考を巡らした。蝶は女性の声を聞いて舞い戻ってきたのだろうか？だとしたら蝶はぼくに何かを伝えようとしているのだろうか。洋の頭の中は、小学校の頃の先生が言った「蝶が飛んできて君たちのからだに触れ回るのは、先祖の伝言を届けようとしているのだ」ということ、加えて、それを否定したいじめっ子たちの声が入り乱れて、答えを見出せないまま、洋は、女性の方向に向き直った。

「あっ、いいです。気をつけて行って下さい」

洋が心持ち大きく声を掛けたときには、女性の姿は洋の視線から遠ざかっていた。

洋は、先ほどまでの自分の所作を反芻した。

――拝所に若い女が一人で入るのをやめさせたくて、すでに木立の中に入っている女性に声を掛けた。そこへ蝶が行き来し、両耳を撫でられ不思議な感覚になった。小学校の頃に先生から聞いたことに鑑みて、蝶に関する楽しいことを思い出していると不思議な感覚は消え、蝶は去っていった。ぼくの呼び掛けに女性が問い返してきた。すると、蝶が戻ってきて、ぼくは女性が問い返しているのに、拝所のことを口にすることはできなかった――

洋の頭は、再び同じ想念に辿り着こうとしている。

ぼくは蝶のことが気になったのだろうか？　気になったから錯乱しながらも蝶に応えたのだろうか？　小学校の頃に聴いた先生の話を咄嗟に思い出し、いじめっ子たちがその話を否定したことも頭に浮かんだ。混乱する中、なぜか蝶に応えていた。

蝶は、ぼくの周りを行き来した。ぼくの祖先の誰かが、ぼくが女性の山入りを止めようとしているのを見て、それをやめさせた。あるいは、女性の山入りそのものはどうでもいいが、自分が女性と親しく話をするのはやめさせたい。だから行き来をした、ということなのだろうか？　祖先の誰？　そうだとして、それはどういうことを意味するのだろう？

考えあぐねて胸のリュックの温かみを感じていると、あの女性は拝所を拝んで歌手とやらに会えるのだろうか？　という思いも脳裏を過った。

やがて女性は木立の奥深く消えていった。二つのリュックを草の上に置き、空を仰いだ。動きが早くなっていた雲は、行き場を失っている。今にも泣き出しそうだ。真冬の空の雲は変化が早いのだろうか？　山の頂上で眺めた雲は、時折早い動きで太陽を覆うものの、周囲の蒼さとのコントラストが美しかった。出掛ける前に見たテレビの天気予報では、一日中晴れで、曇りのマークさえなかった。雨にならなければいいが……。

明らかに蝶のことが気になりだした。もう戻ってこないのだろうか？　洋の脳裏にはっきりと、小学校低学年の頃、先生から聞いた昔話が浮かんだ。語り終えた後、先生は姿勢を正して皆に語った。

――「この島は神の島と言われているように、至る所にウガンジュ（拝所）がある。山の中にあるウガンジュには一人では行かないように。そこには、大きくなって善いことをして、人助けをして、少しでも世の中のために尽くしていると思ったときに入っていき、ウガン（お祈り）をしなさい。この物語の主人公、モーシー（女の子）のように、貧乏でもやさしい子で、いつも一生懸命に生きている子は、神様は助けてくれる。逆に、ウサー（女の子）のように、友だちをいじめてばかりいると、ウガンジュに入ってウガンをしても、マブイ（霊魂）を悪魔に攫われてしまう」──

洋は、先生が語り終えたとき、しばらく先生の顔を見つめていた。みんなもその物語に感銘を受けたようだった。

動きが早くなっていた雲は、雨に辿り着けなかったようだ。ほっとして、女性のリュックに目をやっていると、洋は、あの女性はモーシーなのかもしれないと思った。モーシーなら拝所を拝めば彼女の言う歌手に会えるし、切符だって手に入るだろう。彼女の言葉は、ところどころ棘はあったが、それはぼくの訊き方が出し抜けで、礼を欠いていたところがあったからなのだ。やさしそうな人だからモーシーであって欲しい。

翻って、洋は、女性に言われたことを思い出した。頭をめった打ちにされたような言葉だった。

「あなた、彼に似ているわね。弟さんじゃない？　弟さんでしょ？」

その件は、あのいじめっ子たちの、「お前の母ちゃんは中学生を誑かして……」に繋がった。もう一つ、女性が仄めかした一部分、

「島出身の歌手……。那覇からその歌手を追ってきたけど……」

を反芻した。と、子どもの頃、畦道で聞いた二人のおばさんの談話が頭に浮かんだ。いつもなら、畦道は素通りをするところだったが、おばさんたちが、田んぼの中で仕事を一休みしているようだったので、洋は、畦道に生えている雑草に隠れて、おばさんたちの話にそれとなく耳を傾けていた。人恋しさもあったのかもしれない。

――「中学三年生だもんね。飛び出したいという あの子に対して、卒業もして、生まれる子どもの顔を見てから島を出なさい、とは誰も言えなかったのかねえ」

「生まれる子どもの顔、とは中学生には言えないでしょう。中学生がまだ子どもだもんね。中学も卒業しないうちに酷い目に遭ったので、出ていきたいと思うの

は無理もないと思うよ……」

おばさんたちの話は長くなりそうな気配だった。洋は、雑草に隠れて心持ち屈めていたからだを起こして、畦道に座った。その姿勢で目の前の雑草を掴むと、話に傾注できると思った。そして雑草を両手で掴んで、じっくり聴くことにした。

おばさんたちによれば、その中学生は、噂が広がって両親に問い質されたとき、自分は、あの女に何が何だか分からないうちに、おなかの上に乗せられていた、無理やりされていた、と言った。両親は相手方に質そうと思ったが、息子も悪い、と息子を勘当した。勘当されて、息子は卒業式を待たずに島を出ていった。世間にその噂が広まったとき、世間は、あの息子が言ったことが正しくて、しいちゃんを悪者にした。そんな風評に、両親は心を痛めていたようだが、しいちゃんに会うのは避けて、村の行事や、しいちゃん親子に出くわすような所にはほとんど行かなかったらしい。おなかの上に乗せられた云々だけど、中学生ではそんな言い方が正しかったのかもしれない、ということであった。――

今、思えば大方そのような話だったような気がする。そのとき洋に話の全部は理解できるものではなかったが、無理やりされていた、おなかの上に乗せられていた、と聞いて思わず叫び出すところだったのは覚えている。

おばさんたちの話の、終わりの部分も洋の頭の中で煮えたぎっている。

――「噂に聞いたんだけど、読谷村(よみたんそん)にいる親戚を頼って行ったものの、二、三年して歌手を目指して那覇に行ったんだってよ。あれの祖先には歌のうまい人がいたというから、血を引いているんじゃない？　洋君はもう……」

「そう、あの洋君はもう四年生だよ。母親は洋君に、父親のことを話さないみたいよ」――

談話は、いじめっ子たちにいじめられていたときと重なる。洋は、この場でそのことを思い出すのは、母が父親のことをずっと隠し続けていたからだ、盗み聞きで中学生だと分かっても、中学生の父親像を、四年生のぼくがどうとらえればよかった？　答えが見つからないことは分かっているのに自分に訊いた。改めて女性が言ったことを頭に浮かべてみた。

（島出身の歌手？　ぼくがその歌手に似ている？　コンサート？　……）

昨日、運天港で島行きのフェリーに乗ってデッキに行き、船内の喧騒に驚いた。

デッキの上で車座になり、飲み物や菓子袋を前に我が物顔で大声を出している若い女性たちの振る舞いを見て、洋は、女性たちの騒ぎようは、この運天港周辺の風光を欺(あざむ)いている、と思って悲しくなったのだった。

洋は、島の行き来に目にするこの周辺の景色が気に入っている。港からも望めるこの風景は、船が埠頭を離れると、遥か辺戸(へど)岬に続く景観へと繋がっていく。

そのとき、港近くにある橋の上を車が往き来すると、目を橋の下の水面に向ける。そして、ターコイズ色の海の上には車は要らないのに、と橋の上の車を見返す。滅多にないことだが、車一つない橋の上を山鳥の飛んでいる光景に出逢うと身を乗り出して、山鳥と一緒に飛んでいきたくなる。

一年前、高二の休みに帰省したとき、冬の海は思いのほか穏やかだったが、デッキの上は無人に等しかった。一人古宇利(こうり)大橋を眺め、その明媚な眺望の傍らに、文明の全てを見たような気がして、橋は便利でいいな、島にも橋がかからないかなあ、と夢のような感慨に浸っていた。

昨日も洋は、古宇利大橋、古宇利島、蒼い海の織りなす風光紋様を味わいたくてデッキにいた。あの騒ぎの中にこの女性もいたのだろうか。女性の言い分では、その歌手があのフェリーに乗っていたことになる。だから騒ぎが大きかったのだろうか？　乗客の話の中に、コンサートという言葉も流れていたような気がする。女性は、今晩、隣の集落でコンサートがあると言っていた。

島には、今や、どの集落にも古民家がある。古民家でコンサートが開かれるようになったのだろうか。叔母からは何も聞いていない。叔母はテレビの歌謡番組をよく見ると言っていた。島に有名歌手が来ることはほとんどないだろう。その歌手は有名ではないのだ。それでも叔母は、その歌手のコンサートに行きたいだろうに……。ぼくが帰って来なければ、その歌手のコンサートに行ったのだろうか？

女性が戻ってきた。四十分近く経っている。山にある拝所を全部拝むには四十分では無理だろう。二カ所ぐらいは拝むことができたのだろうか。

洋からリュックを受け取ると、

「ありがとう、長いこと待っていてくれたんだ。重かったでしょう。お陰さまで彼に会えるような気がします」

笑みを浮かべて、肩にリュックを掛けている。

「重いよね、このリュック。ありがとう」

女性の柔和な顔に安堵して、洋は意を決して投げかけてみた。

「コンサートの切符が手に入らないほど、その歌手は有名なのですか」

「そうよ。民謡歌手だけど、コンサートになると歌謡曲もほどよく入れるので……。彼、歌謡曲もうまいのよ。拝所を十分拝んだから何とかなるわ。だから早く行けば手に入ると思うの。あら？　あなたは手に入るんじゃない？　弟さんでしょ？」

重ねて言われても洋は、はい、とも、違います、とも言えない。女性は、訝しげな表情だったが、

「今晩、コンサート会場で会えるかもしれませんね。それまでさようなら」

そう言うと、リュックを背に軽やかに歩を進めていく。

遠くに行ってしまい戻ってこないのでは、と思っていた蝶が、今度は洋の周りを、音楽を奏でるかのように軽快に飛んでいる。この周辺だけを生息の場にしているのだろうか？

蝶が再び遠ざかっていき、洋は目を空に移した。雲は白さを取り戻している。

足元が軽くなりそうだ。リュックを肩に掛けて家路に就いた。

同級生と再会

帰宅すると、叔母が隣のおばさんたちを交え、団欒をしているところだった。

昨日、帰郷の挨拶をした顔触れだったので、会釈に留めた。

叔母に向かって、

「遅くなってすみません。叔母さん、弁当おいしかったよ。ありがとう」

「そう？　よかった。お疲れ様でした。山はよかったでしょう？」

「うん、楽しかった……」

洋は、若い女に出会ったことなどを話そうと思ったが、人前では憚られる。夜になってから切り出すことにして、一休みをしようと部屋に向かっていた。と、叔母が洋を引き留めるように言う。

「あのね、洋。洋の同級生という男の人から電話があったよ。その人、隣の集落で建築の仕事をしているんだって。この頃、島でも建築の仕事に若い人が増えたようだね」

隣のおばさんたちが相槌を打っている。

「洋が帰ってきていると聞いて電話をしたらしい。同級生が何人か集まって洋を励ます会をするんだって。帰ってきたら電話をさせますと言ったので電話してね。これがその人の連絡先だよ」

同級生と聞いて洋の脳裏に浮かんだのは、一学年上のキャッチャーの繁やその他の野球仲間の顔だった。彼らに会いたいと思っていたからだろうか。しかし建築の仕事と聞いて、イメージが変わっていった。叔母の渡したメモにはあの浩介のフルネームが記されていた。

メモをしばらく眺めていた。どうしたものか迷ったが叔母に目配せして電話機の所まで行き、番号をダイヤルした。一回の呼び出し音で明るくて張りのある声が受話器の向こうから飛び込んできて、あの頃の浩介の面影がひしひしと伝わった。参加することを決めると、歩いて二キロの距離だ、夜道を歩くのも風情がある、通学路だったではないか、と思い巡らしていた。

洋の様子を見ていた叔母が、

「せっかく誘ってくれているんだから、行ってくるといいよ。島の同級生は大事にした方がいい。叔母さんが送り迎えするから」

と言い、おばさんたちに目で合図をしている。

「ありがとう、叔母さん。行くことに決めたんです」

「よかったね、洋さん」

「楽しんできてね」

おばさんたちも笑顔だ。

と、門の方から車のクラクションの音が続けざまに聞こえてくる。

「あれ？　洋が返事をする前に誰かが迎えに来ているんだよ、きっと。洋、出てごらん」叔母が首を傾げながら言っている。

洋が出てみると、車の窓から若い男が顔を出している。

「洋！　俺だ。浩介の子分の晃だ。洋を連れにきた」

「やっぱり、そうだったか？」

十五分後、洋は、叔母とおばさんたちに見送られて、晃の運転する車に乗り、家を後にした。晃は、助手席の洋の顔をさもうれしそうに一瞥して、前方を向い

たまま、

「洋、凄いじゃない？　プロ野球選手になれるなんて。おめでとう。今日は、ぼくも含めてあのいじめっ子たちが主で、ぼくたちの集落にある居酒屋で待っているのだけど、洋が承知してくれてうれしい。ありがとう」

洋は、浩介に参加すると伝えて、あっという間に晃が現れたことに驚き、幾らなんでも早いよ。晃、お前、携帯を持って車で待機して、浩介からの連絡をじぃっと待っていたんだろう？　そして、すっ飛んできたんだろう？　と心の中で呟いていた。

ハンドルを握っている晃の横顔に流し目を浴びせながら、ぼくは彼らに歓迎されているのだ、と思い、複雑な気持ちになった。

晃の声にも、幾分小学生の頃の響きは感じられた。

洋は「うん」と返したが、後が続かない。晃も一瞬、躊躇の体だ。

しばらくして居酒屋のある集落はまだ先の方のはずなのに、車が停まった。村で唯一のあの池のそばのようだ。車のライトを付けたまま、晃が助手席の洋に向かった。

「あれたちは向こうで洋に詫びると思うのでぼくは、ここで洋に詫びたい。洋もちょっと車を降りてくれないか」

そう言うと、ドアを開けて、池を前に立つようだ。洋はやおら車を降りて晃のそばに立った。目の前の池に続くこの景観は、車のライトがなければ見渡せないものだ。風のそよぎで木々の葉が、池の向こう端に舞い落ちるのが見える。池の水に触れてはいないが、水の醸し出す空気が冷たいせいか、目に入る池の水は、肌に冷たく感ずる。

晃が洋に向いたかと思うと、

「洋、あの時は悪かった。許してくれ。本当は膝をついてお詫びをしたいのだけど、ここは思い出深い場所なので、立ったままでいいような気がして」と言う。

洋は、即答した。

「思い出深い所ではないんじゃないの？　ここにはいい思い出はないでしょう。だから、晃、膝を突くのが怖いんだろう？　なにしろここは、いじめっ子でも力の出せない所だから」

洋が言い終わらないうちに晃は跪いている。洋は晃の肩に手をやり、

「いいって、いいって。冗談だ。立って！　君たちにいじめられたからぼくは野球に出会えたんだから。しかし気のせいか、ここは冷えるし、何かがすうっとからだに入ってくる感じがするよ」

「大変、たいへん。これからプロの野球選手になる洋のマブヤー（魂）が取られたら大変。行こう、行こう」

いつも浩介の後を付いていた晃だ。

池を後にして、車は五分ぐらい走って、居酒屋の前に着いた。同級生たちが並ぶように立っている。車を降りる二人に、矢のような拍手が飛んできた。

洋は、門灯の明かりの中で、一人ひとりの顔を確かめた。皆、背丈が相当伸びている。池のほとりで晃も伸びたな、と感じ入っていたが。洋をいじめているときの晃は、洋を仰ぐように見ていた。

大将、仲田浩介がスリムな体形になっている。突っ立っている洋に握手を求め、「洋、立派になったなあ」と、いかにも感慨深げという顔つきだ。

洋も握手で返すと、浩介は、洋の手を取り、用意されている席に案内するようだ。洋は、浩介の荒々しい手で襟首を摑まえられた感触を思い出した。が、すぐに心の中で、浩介、スリムになったなあ、と切り替えていた。彼の手に温かみを感ずるのは、あの池の辺で晃が跪いたとき、予想できていたような気がする。晃は、「やはり跪くのが筋だ」と膝を曲げ頭を地面につけて詫びていた。そんな場面を見て、浩介の手の温もりも想像できていたなんて、洋は自分を誇りたい気分だった。

席に着き、改めて顔触れを見ると、野球仲間が四人もいる。その中の二人は一つ年上だった。高校を卒業して島に戻り、就職しているのだろうか？　島には建築関係の仕事に若い人が増えたと叔母が言っていた。同年の二人は、休みを取って帰郷しているのだろう。後で聞けるかもしれない。

繁の顔が見えない。入った高校で野球を続けていると聞いたことはある。大学に入っているのだろうか？

晃が、テーブルの上のそれぞれのコップに、コーラ、ジュースなどドリンクを注ぐようだ。浩介がコーラのコップを持ち、

「皆さん、好きなのを取って下さい。まさか、ビールはないの？　とは言わないよね。乾杯をしたいです。音頭をぼくに取らせて下さい。ぼくは今日、とてもう

れしいのです。乾杯をする前に、洋にお詫びをしたい。

洋、ごめんなさい。ぼくは君をいじめました。皆さん、洋は今や、プロ野球の選手になろうとしている人です。ぼくがいじめたからこんなに偉くなったんだと思っています。洋のかっこいい門出に乾杯しましょう。乾杯！」

「乾杯！　洋、おめでとう！」

一人ひとり互いにコップを重ね合い、笑いが止まらない。皆の目が洋に集まり、洋はコップを持ったまま、立った。

「コップは置いていいんだよ」と言う浩介の声が一層の笑いを誘っている。

洋は慌ててコップを置き、背筋を伸ばした。

「ぼく、あがっているんです、きっと。いじめっ子の前だから。浩介、いじめてくれてありがとう。君が言うように、君たちにいじめられたからぼくは野球ができたんです。母の墓前に、プロ野球入団の報告のために帰ってきたのだけど、みんなに会えるとは思わなかった。ぼくこそ、とってもうれしいです。みんな偉く見えます。凄いなあと思います。ぼくはこれから社会に足を入れるところですが、今後ともよろしくお願いします」

洋！　いいぞ、いいぞ！　と洋の顔に大きな拍手が飛んできた。洋は胸が熱くなり、自らも手を叩いていた。

料理が運ばれてきた。この居酒屋の前に立ったとき、磯の香りに食欲をそそられていた。想像はできていたが、やはり、皆、島の美味佳肴（かこう）だ。タマン（浜笛吹）、鯛の刺身、マクブ（シロクラベラ）の塩煮、グルクン（タカサゴ）の塩焼き、イソアワモチの味噌和え、などなど。座の一人ひとり、それぞれ一づ一つの料理を丁寧に口に運んでいる。洋の取り皿にもイカの刺身、イソアワモチの味噌和えが載っている。

浩介が席を離れていく。横目に見ながら洋は、皿に盛った料理を味わっていた。と、厨房近くで浩介の声がして、マスターと思しき、頭にタオルを巻いた男性と向かい合っている。何か、揉めているように思われるが気のせいかもしれない。晃が首を傾げながら二人の所に向かっている。洋は、この合間に野球仲間と話がしたい、そう思っていると、惹かれ合うように四人が洋のそばに来た。その中の一人が、

「洋、おめでとう。ぼくも甲子園を目指して頑張った。三年になってやっとレギ

ュラーになり、県大会に出た。しかし、一勝もできなかった。洋は凄いよな。何しろ小学校四年のときからエースになる素質を見抜かれていたんだから……。意中の球団に入団できてこんな幸せなことはないよ。洋、ほんとにおめでとう。頑張ってよー」

洋の両手首を両手で摑んで言った。彼は六年のときから四番打者だった。中学の県大会でも、えも言われぬ活躍をした。四人の顔を眺めていて洋は、このメンバーが一緒では話が途切れない、四人に会えただけでも、帰ってきてよかった、と思った。繁のことは心残りだったが、誰からも繁のことは出てこないので、洋も訊くのを控えていた。

およそ一時間後、後ろ髪を引かれるとはこういうことなのだ、と洋は一人ひとりの激励の言葉を受けながら重い腰を上げようとしていた。叔母さんが洋さんを迎えに来ていますよ、というマスターの最初のメッセージが座に届いたのは、洋と野球仲間が小学校での合宿の思い出に浸っているときだった。晃は席に戻っていたが、浩介の姿はなかった。

賑やかだった座が白けていく。洋は、自分のせいで雰囲気がおかしくなってい

ると思い、叔母には申し訳ないが待ってもらうことに決めた。うらはらに、

「洋、あの池の辺りは、まだまだ夜は怖いから遅くならないうちに帰った方がいい。それに叔母さんを待たせたら悪いよ」

口火を切ったのは、四人の中の一人だった。

そうだよ、そうだよ、と続き、

「洋、からだを大切になあ。頑張れよ。みんなの誇りだからな」

「ぼくは大学を出てからプロの道に行くから、洋は先輩だ。先輩、待っていてね」

「いいぞ、いいぞ、仲間から二人のプロの選手の誕生だ！」

などなどに変わっていった。

二度目のメッセージが入り、洋は仲間の二人と叔母の待っている居酒屋の駐車場に来た。二人に見送られて洋は叔母と一緒に家路に就いた。

叔母は、駐車場で洋を乗せたとき笑顔はなかったが、車を走らせているうちに安堵の表情に変わっていった。洋もほっとした。早めに迎えにくることになった経緯を、家に着いたら話してくれるだろう。そう思っていると、洋の頭に先ほど

の座席の模様が浮かんだ。マスターからのメッセージが届いた途端、皆の顔色が変わった。洋は、叔母に待ってもらおうと心に決めたが落ち着かなかった。

ぼくが席を立ったとき、浩介はまだあの席に戻っていなかった……。マスターとの話がそれほど長引いたとも思えない。マスターと喧嘩にでもなっていたのだろうか？　座の雰囲気を思うと、叔母が話してくれるであろうことにヒントがあるかもしれない。

ほどなく叔母の車は、家の庭に落ち着いていた。車を降りると、洋は自分の部屋に行きボストンバッグの中から封筒を取り出して、叔母のいる居間に行った。居間は、母の死後、仏間にもなっている。仏壇を一瞥し、叔母の前に正座して封筒を差し出した。

「叔母さん、これ契約金の一部です。仏壇に供えさせて下さい。昨夜のうちに供えたかったのですが、親戚回りで遅くなったので」

仏壇には線香の香りが漂っている。叔母は、ぼくを迎えに行く前に線香を焚いていたのだろうか？

「そう？　それじゃ、お酒と一緒に供えましょう。母ちゃん、喜ぶよ！　けど、厚い封筒だね。やり直しなさい。中身は一枚にしなさい」

「それはないよ、叔母さん！」

「そう？　ありがとう」

叔母が仏壇にある泡盛をコップに注ぎ、線香が灯された。

「姉さん、見て！　凄いでしょ。姉さんも私も見たことのない大金だよ、きっと」

二人の合掌は一分近く続いた。叔母が改まった様子で訊いてきた。

「洋、食事は居酒屋で済んできたねえ？」

「はい、おいしいのをたくさんいただきました。けど、もっと食べたかったです。みんな海のもので、ぼくの大好物ばかりでしたから」

なんとなく言ってしまったが、洋は、これで叔母が話に入りやすくなる、と独り合点した。

「それは少し残念でしたねえ。叔母さんは居酒屋から電話があったとき、マブヤー、ホーイ（魂よ、飛んでいかないで！）と頭を撫でてからすっ飛んでいったさあ。途中、どのように運転していったか分からないぐらいだったさあ」

叔母が笑顔で話しているので、洋は胸を撫で下ろした。加えて、叔母の、マブヤー、ホーイの仕草が的を射ていて、おかしいので噴き出すところだった。マブヤー、ホーイの余韻のまま、叔母は続けた。

叔母の話では、居酒屋のマスターは、叔母が電話に出ると、洋君の叔母さんですよね。ご在宅でよかった！　車を持っていますよね。すぐ来て下さい。洋君が酒を勧められています。と早口で言うので、叔母は取る物も取り敢えず車を走らせた。居酒屋の前で、マスターが立っていて、叔母が車を降りて軽く頭を下げると、ほっとしたように、間に合ってよかったです、ありがとうございました、と丁寧に頭を下げた。叔母は、こちらこそ、どうも、と返すのが精一杯だったということだった。

話を聞いて、洋は、先ほどまでの疑問が解けたと思った。叔母さんが迎えに来ています、というマスターのメッセージは、皆の頭に、飲酒という文字を浮かべさせたのだ。だから雰囲気が変わり、揃ってぼくに帰宅を促したのだ。

浩介は、マスターに酒を頼んだということになる。そうであるなら、彼が就職口に選んだ建築業界では、彼は、もはや酒も口にせざるを得なくなっているのかもしれない。と思うと、洋は複雑な気持ちになった。

「洋、あの居酒屋でよかったさあ。あのマスターは偉い。洋の危機を救ってくれたよ」

叔母が核心を突いている。洋の頭から、居酒屋で浩介がマスターと言い合いになっていた模様が離れない。未成年者の飲酒問題は、島も例外ではないのだろうか。建築の現場に携わる者は、未成年でも酒に手を出すのだろうか。

幼少の頃、大工さんが一日の仕事を終えたその場で、酒を飲んでいるのを何度も目にした。その中に未成年者もいたのだろうか?

洋は、叔母が一目散に車を走らせ、居酒屋まで来てくれたのだと思うと、ここに来て涙が込み上げてきた。居酒屋で炭酸飲料を飲み過ぎたせいか、トイレが近くなっている。用を足して帰ってくると、叔母が封筒を手にしていた。

「洋、この封筒の中のお金、まさかここに置いてはいかないよね」

「叔母さん、それは仏壇に供えたのだから、仏壇のものです。昔からそうでしたよ」

「多すぎるよ。昨日もらったお土産の中にもたくさん入っていた。これは自分の小遣いでしょ?」

「小遣いは十分確保してあります。叔母さんは、盆にも正月にもたくさん必要です。それだけでは少ないぐらいだよ」

叔母がハンカチを目に当てている。

「ありがとう。それでは、預かっておきます」

と言うと叔母は、両手で封筒を仏壇に戻した。

そして、居住まいを正した。

「洋、プロの選手として旅立つあんたに、こんな話はどうかと思うのだけど、話させてね。否、旅立つからこそ話させてね」

叔母の話というのが父と母のことであるのは想像できる。叔母はいつにするか迷い、旅立つ大事なときにこんなことは、否、旅立つからこそ話す。と決心したのだろうと思うと、洋は、叔母の心の葛藤が脳裏に響き、身も心も震える思いだった。話がどのような内容であろうと、受け入れよう。心の中で咀嚼していこう。ここに来て精神力はかなり付いている、と自分を勇気づけた。蟠り(わだかま)を抱えたままでは、プロの厳しい世界に入るのは不安だった。

そして、叔母の話の後、ぼくも山の麓で出会ったあの女性のことを話そう。蝶のことについて何か聞けるかもしれない。今晩は、心おきなく話すことができる。明日の講演というのは緊張するようなものでもなさそうだし。帰りは午後の便だから。叔母さんも、明日は朝寝ができる。など、いろいろと浮かんできて叔母の話が楽に聞けると思った。

「洋、母ちゃんは、あんたが小学校の頃、あの浩介たちのグループにいじめられていることが分かったとき、死ぬほど苦しんだよ」

出だしから叔母の目は、涙に滲んでいる。叔母は、そばのティッシュで涙を拭き、長いけど聞いてね、と言って心持ち、洋との距離を縮めた。

「洋があのグループにいじめられ、顔に傷を負って帰ってきて、洋に責められたとき、ほんとに死のうかと思った、けど、私が死ねばこの子はどうなる？　私はこの子を、父親のいない子として産んだ責任がある、どんなに苦しくてもこの子が成人するまでは死ねない、と心の中で必死に闘っていた、と私に話した。涙をいっぱい浮かべて」

話している叔母も、ひときわ涙顔になっている。洋の脳裏に自分が母に盾突いた、あの日の居間の模様が浮かんだ。

(ぼくは、傷の手当てをしている母の手を右足で蹴らんばかりだった)

叔母は、もっと続けるようだ。ティッシュに替えてポケットからハンカチを出している。

「そして、母ちゃんは涙を浮かべたまま次のように続けた。

『山でなら話せると思って、私は翌日、洋をウフ山に連れていった。広い海原の見渡せる山の頂上で、包み隠さず話そうと思ったのに、肝心なことは話せなかった。それは、自分の非を認めない私の弱さで、そうこうしているうちに洋は、高校に入るまでに成長した。入学祝いの夜、私は決心して、洋に、こんなふうに話した。

——夏の日の夕方、突然中学生が家に来た。そのとき、家には私一人だった。気が付くと朝まで一緒に寝ていた。十五歳の肉体的な騒ぎに、三十七歳の、女の魔性の火が燃えたのだと思う——

話して、ほんとうのことではあるけど、すぐに後悔した。高校に入ったばかりの洋にとっては衝撃が大きい。なんて母親だろう私は？　詫びたいけど、詫びても洋の受けた心の傷は容易く癒えるものではない。私はこの後、洋を一人前に育てることができるのだろうか。キヨ、私が洋に詫びるとき、そばにいてね』

と泣き出さんばかりだった。

私は、母ちゃんの背中を摩りながら言った。

『十五歳の肉体的な騒ぎに、三十七歳の、女の魔性の火が燃えた』という言い方は衝撃的だけど、合意の行為ということであって、どっちが誑かしたとかいうものではないでしょう。そうでないと洋がかわいそうだよ。洋には、自分は確かに父親のない子なんだけど、父と母のどっちかが誑かして生まれたのではない、と自分の出自を肯定できる子に育って欲しいわよ、って。

母ちゃんは、俯き加減の顔を幾分上げて、

『キヨ、今あなたが言っていることはとても大事なことで、誑かしたのではないということも含めて、私が洋に詫びたあと、いつか、洋があなたに訊くようなことがあったら話してあげてね』

そう言って、十五歳の中学生と関係を持ったいきさつを話してくれた。

それを聞いて、私は姉さんにこう言った。また、長いけど、大事なことだから聞いてね」

と叔母は洋の顔を摩り、続けた。

「私は姉さんに次のように話した。

――中学生が現れて二人は濃密な二夜を過ごしたと言っても、それは、小学生の洋には理解できないことだったでしょう。けど、中学生の洋には理解できたはずだから、洋が中学生になったとき、すぐに話すべきだった。周囲も世間もみんなあなたが誑かしたと思っている。

あなたが、なぜ長い間ほんとのことを言わなかったかは分かるような気もするけど、洋にだけは話しておくべきだった。あなたと彼が、僅か二晩とはいえ、互いに惹かれるものがあって結ばれたのなら、あなた自身そうだったと言うように、幸せなことだったのよ。誑かす、というのとは全然違うでしょう。今からでも遅くはないから、あなた一人では心細いと思うので、二人で洋に話そう――」

そのように話した、ということだった。

叔母が母に言ったのは、洋が高校に入って間もなくだったという。

叔母はさらに付け加えた。

「私に言われて姉さんは話す気になっていたところだった。歯車が悪い方向に行って、私は姉さんが亡くなったとき、神様なんていないのだと思ったよ」

洋は、叔母が話があると言ったとき、話の内容は想像できると思っていた。旅立つときに、否、旅立つからこそ話す、と決めた叔母の心の葛藤を思うと話の内容がどうであろうと受け入れる、と心したが、このような話だとは、とても思いつくことはできなかった。叔母は、中学生の洋なら理解できただろうと母に言ったというが、中学のときに母から一部始終を聞かされていたら、とても堪えられなくて、不良の道に走り、野球に打ち込むなんて、できなかっただろうと思った。高校入学の祝いの夜、母が部屋に来て言った、「十五歳の肉体的な騒ぎに、三十七歳の、女の魔性の火、云々」も理解できるものではなかった。

小学校四年のとき、畦道で聞いたおばさんたちの話も、今、叔母の話を聞いていて幾分類似するところはあるが、あのときは、おばさんたちの話の大部分が理解できなかったせいか、さほどの衝撃は受けなかった。無理やりさせられたという言葉には驚いたような記憶はあるが……。

叔母は、洋の混乱した様子に気づいたようだった。洋、大丈夫よね、洋は強くなったから、と今度は洋の頭に手を置いた。

「これは一番大事なことなのだけど、母ちゃんは、洋が生まれたとき、父親はいなくても立派に育てていくのだと自分に言い聞かせて、頑張った。洋が自分の出生のことを世間から聞く前に話しておく、とよく言っていた。一方で、呑気なところもあって、島の人はやさしいから洋に酷いことは言わないだろう、そんな風にも言っていた。けど噂は他集落まで広がり、洋があのいじめグループにいじめられるようになった」

叔母は、コップの底に注がれているお酒を喉深く飲み干した。

「その頃から母ちゃんは、悩んで、悩んだ。洋と一緒に山登りをする前の夜、私に電話があって、明日、山で洋に話すのだと言った。

けれど、翌々日には、畑仕事の帰りに私の所に来て、洋に、ちゃんと説明することができなかった、と深刻な様子だった。それでも肝心なことは洋に話した。そう言っていたので私は、洋の出生のことは話したのだと思った。後で、そのことには触れることができなかったと聞いて、洋は強い子だから大丈夫だよ、と私は姉さんを慰めた。洋はほんとに強くなっていった」

そう言うと、いっとき洋の頭を離れていた右手を戻している。

「長い話だね、ほんとに。洋、大丈夫よね。こんなに長くなったけど」

洋は、幾分落ち着きを取り戻していた。

「大丈夫です、叔母さん。どうぞ続けて下さい。はい、お水を飲んで」

叔母のコップに水を注いだ。叔母は、水もおいしそうに飲み干した。

「ありがとう。続けるね」そう言うと、叔母は仏壇を一瞥して、ハンカチを右手に、両手を膝の上に置いた。

叔母によれば、母は、その後も洋に全てを話す、辛くてもそうする、と言い続けていた。ぼくが高校に入った直後、まだ話し足りないことがあるので、今後、機会があったら話してあげてね、と前置きして母が叔母に話したのは、独りで産んで育てようと思った母の信念というか原点のようなもので、加えて、父親の行方であったという。

原点であった、父親がいなくても、頑張れば人並み以上になれる、離島で生まれ育っても、偉くなる人はなる、離島だからこそ、歯を食いしばって頑張る人もいる、などは大方話してきたが、父親がどこで何をしているのかはどうしても触れることができなかった。

　だから、このことは他に頼める人はいないので、知っていることを包み隠さず話してあげてね、あなたは一番、私たち親子のことを知っているし、ずっと助けてくれたから、と母は言い終えた、ということだった。

「言い終えて姉さんはさらなる涙を零した。それは姉さんの遺言だったのだ、と今は思っている。まるで自分の死を予感していたように、洋が高校に入った後、立て続けに言ったんだからね。

　母ちゃんは洋に『小さいときに教えてあげなくてごめんね。洋を苦しめてごめんね。父親のいない子と世間から言われても、立派に育つ子もいる。洋も不良にもならず、立派に育ってくれた。ありがとう』と言いたかったのだ、と叔母さんは思っている」

　叔母は、自分のことを叔母さんと言ったり、私と言ったり、母のことを母ちゃんと呼んだり、姉さんと呼んだり、あなたと呼んだりで、叔母が必死に洋に話そうとしている思いが伝わってきた。自分の頭の整理もできていない中、洋は姿勢を正して、改めて叔母の目を見て言った。

「叔母さん、いろいろありがとうございました。叔母さんもとても辛かったと思います。ほんとにありがとう。今日、山の上で母ちゃんに見守られているような気がしたんです。そして、山を下り麓まで来ると、若い女性に出会って、話をしているうちに何と言うか妙な気分になって……。今、叔母さんから聞いたことを、一人でよく考えてみます。父親のことは、母ちゃんからある程度、聞いています。ぼくが生まれる前に本島に行ったということを」

そう切り出したものの、うまく言えそうにない。これまで誰からも聞かされなかったこと、想像の欠片にもなかったことを叔母に聞かされて、そのことをどう受けとめていいか分からない。母が叔母に話したという、自分の出生の謂れ、自分の出生には深い謂れがあったのだということ、小学校四年のぼくには無理でも中学生のぼくには、それが理解できただろうということは、唐突で重いことだった。一方で、光も見えたような複雑な思いだった。

一人でよく考えてみます、とその場を切り替えて、父と母が、どっちが誑かしたではなく、一夜二夜の深い愛情から生まれたのであれば、自分の出生を誇れる、不良にもならず立派に育ってくれてありがとう、という母のメッセージも素直に受け取れる、そう思ったが、父のことでの心の中の蟠りはやはり大きい。コップを手にしていると、叔母が水を注いでくれた。叔母に元気をもらい、洋は、話を続けることができそうだと思った。気持ちが幾分楽になり、山から麓までの始終を話すことができた。とりわけ、突然女が現れて、蝶が現れ、自分が言い知れぬ何かに巻き込まれるような幻想を覚えたことを、ゼスチャーも交えて話した。

叔母の目が涙で潤んでいる。昨日から何度、叔母の涙を見たことだろう？

叔母は再度、仏壇を一瞥すると、神妙な面持ちに変わった。

「洋、よく話してくれた。蝶のことだけど、叔母さんは、それは母ちゃんのイェー（伝言）を蝶が持って来てくれたのだと思う。洋は信じないかもしれないけど、昔からこの島では、蝶がからだに纏わってくると、グソー（あの世）からのイェー、イアイとも言うのだけど、そのイアイを伝えにきているのだと言われていた。洋が言うように、母ちゃんは山の頂上からずーっと洋を見守っていて、洋が麓に来て女に出会って話すのを見たとき、あ、これはいけない、と思い、蝶になって周りを行き来したのだと思う。それは洋に、女とそれ以上、話をして欲しくなかったからよ。洋が女と話をすればするほど、母ちゃんは危険を感じたのだと思う。

それは、洋が父親に会うことに繋がる。女が追っかけてきた男が、今風の若いかっこいい男なら、洋の父親である心配はないし、蝶はやってこなかったでしょう。女がその若い男に恋心を抱いて追っかけているのだろうから、それは母ちゃんの心配の及ぶところではない。女が追っかけているのはあの人だから、母ちゃんは、洋をあの人に会わせてはいけないと必死だったのでしょうね。母ちゃんが、洋が高校に入ってから立て続けに私に話していた中に、こんな話があった。『洋が高校を卒業して社会人になったとき、父親に会いたいと言ってきたらどうしよう？あの人には家族がある。小学校低学年の男の子、女の子と、二人の子どもがいるらしい。洋のことが知れると家庭崩壊になりかねない。そんなことがあってはいけない』と、これも涙を流して言っていた。母ちゃんはそういう人だった」

（女がぼくをあの人に会わせる？　母ちゃんが蝶になって、それを避けようとした？　民謡歌手というのはぼくの父親？　女は二度も、あなた、あの人に似ている、弟さんじゃない？　と訊いていた……）

洋の、再び混乱している様子を叔母は見抜いているようだった。

「それともう一つ、今、洋も言ったように洋が、若いきれいな女に惑わされるのを防ぎたかったのよ。洋もいい青年だからね。若いきれいな女に出会うと惑わされてもおかしくないからね。洋が妙な気分になったというのは、そういうことでしょ？」

叔母はウインクを投げかけている。洋は目のやり場を失うところだった。

「プロ野球の世界に入り、立派な未来が待っている。母ちゃんは、何が何でも洋が、この若さで女に惑わされることは防ぎたかったのよ」

同じ意味のことを繰り返しながら、

「あの人、洋の父親は、今、島に来ているらしい。私も今日、隣人で茶飲み友だちのおばさんたちから聞いて驚いているところだった」

（やっぱりそうなの？　民謡歌手というのは、ぼくの父親だったのだ）

洋は、両手を膝の上に据えているが、もはや叔母の目に集中することはできなかった。けれど、叔母が淀みなく続けるようなので、正した姿勢のままで集中力を整えた。

「若い女が言ったように、この時間はコンサート中かもしれない。那覇で民謡酒場を持ち、毎晩歌っていて、島に来るのは十何年振りからしい。しかし、若い女が追っかけるほど有名ではないと思うけど、その女は暇だったのでしょうね。と言うか、民謡が好きなのかもしれない。洋の父親はとても渋い声だからファンが多いということは聞いたことがある。あの人の声が良いのは、親譲りかもしれない。両親とも民謡が上手だった。特に父親の声は渋い中に透き通るような迫力があり、当時の島の多くの女たちが、その声に惚れたというから」

突如、洋は右手を挙げた。

「叔母さん、話を遮ってごめんなさい。ぼく、その人に会いたい。コンサート会場に行けば会えるでしょう。すみません、また、車を出して下さい。お願いします」

丁寧に頭を下げる洋に、叔母は驚いたようだった。両の腕を胸に組み、頭(こうべ)を垂れた。

「そういうことか。やっぱりそうなるか……。さっきも言ったように、洋が山の麓で女性と出会ったとき、蝶が飛び回ってきたのは母ちゃんが、洋が女性と親しくなってコンサートにでも行くことになって、あの人と会うことになったら大変だと思って一生懸命止めようとしたのだと思ったけど、でもよくよく考えてみると、母ちゃんは、洋がそろそろお父さんに会ってもいいと思っているのかもしれない。あのとき、母ちゃんは、洋が社会人として経験を積み、立派になって自分から父親に会いたいという気持ちになったときに父親に会えばいいと思う、と最後の方で言っていたので。洋、ちょっと待ってね。実は、母ちゃんから、洋が成人になったら渡して、と言われて分厚い手紙を預かっているの。今、渡すね。その手紙にヒントになることがあるかもしれないから。もう、洋は成人になったも同じだからね」

席を外すと自分の部屋に行き、手に封筒を持って戻ってきた。

「これだけど、今、読んだ方がいいね。まだ時間はあるよ」

壁の時計を見ながら言った。洋も腕時計を確かめた。八時になっている。叔母から封筒を受け取ると、

「わあー、大きな封筒ですね。中身も分厚い。けど、三十分もあれば読めるでしょう。叔母さん、一緒に読みましょう。長い間、大事に持っていてくれてありがとうございました」

叔母の手から鋏を受け取ると、洋は震える手で封を切った。

「大丈夫よね」という叔母の声が耳に入ったと思った。

封筒から出てきたのは、二つに折られたA４サイズの紙だった。数えると十五枚近くありそうだ。洋は、一枚一枚を読み終えるごとに叔母に回す、そう決めると、最初のページに視線を落とした。

第三章

愛しの洋へ、

長い手紙で、内容もどうかと思われるところが多いと思うけど、読んでね。途中で横にそれて洋への手紙ではなく、小説のようになって読み辛いかもしれない。

妊娠したことが分かったとき、母ちゃんはうれしかった。反面、小さな島で、未婚で子どもを産んで育てられるだろうか、親兄弟に肩身の狭い思いをさせないだろうか、という心配もあった。けれど、三十七歳の自分には、もう結婚は望めないだろう。島の二十代、三十代の男は皆、妻子持ちだ。宿った子どもを産もう、好きになった人の子どもではないか。責任を持って育てよう、と子どもを産み、一人で育てる決心をした。

私の母が、私の妊娠を叔母さんから聞き出して、婚期が遅れているとはいえ、未婚で妊娠とはとんでもない。費用は自分が出すからすぐに本島に行き、中絶手術を受けてくるように、と迫ったが、私は中絶を促す母の説得に、聞く耳を持たなかった。そばで聞いていたキヨが母に言った。

「オカー、未婚、未婚と言うけど、姉さんが今まで結婚できなかったのはオカーたちのせいでしょう。オカーたちが病気になり、姉さんはずーっと看病していて婚期が遅れたんでしょう。それに、島には未婚で子どもを産んだ人はあちこちにいるでしょうが。せっかく授かった命じゃないの？　産ませてあげてよ。私は、子どもを授かろうにもできないのだから。それに、姉さんが妊娠したのは、これも、オカー、オトーにも責任があるんだよ」

自分の説得を聞き入れない娘に苛ついているところに、妊娠が自分たちにも責任があると責められ、母は怒って、私に島を出てもらい、島の人の知らない所で出産して、そのままそこに住み着いてもらうしかない。世間は怖い。何を言われるか分からない。どうしても子どもを産み、島で育てると言うのなら、勘当を言い渡すほかない、と一人悶々と悩んでいたらしい。そんな母の様子をそばで見ていた父が母を説得した。

「お前の気持ちは解る。静江の妊娠が望まれないものとして、それは私たちにも責任がある。また、こんなことは、昔はよくあって、子どもが授かったのを喜んだぐらいだ。静江の歳では、この島ではもはや結婚の機会はないだろうから、生まれる子どもが男の子であれば、この先、独り身を通すよりは幸せというものだよ」

父にも同じことを言われて、母は中絶を強要するのを諦め、親孝行と思ってせめて子どもの父親の名を明かして、と私に頼んだ。父親が分かれば説得して結婚してもらえるかもしれない、事情があって結婚できないのなら認知してもらう、そう判断したようだった。

私が、そのことにも口を噤むばかりなので、母は自分で突き止めると言い出した。私は、

「オカー、お願いだからそんなことはやめて。時機が来たら話すから」

掌でおなかをそっと撫でながら、母の目を見て言った。母は不納得のようだったが、父に止められ、渋々やめたということを聞き、安堵した。

父は、娘が婚期を逃しているのは十年前に自分が倒れたからで、責任は自分にある、と心を痛めていたのだという。十年前、父は農作業中に倒れ、名護にある県立北部病院に運ばれた。脳梗塞と診断された。一命はとりとめたものの、病院でのリハビリ生活が続いた。看病疲れで母も倒れ、二人の看病のため、那覇の食品店に勤めていた私が呼び寄せられた。キヨ叔母さんも含め、他のきょうだいたちはそれぞれ島で所帯を持っていて、看病のために島を離れることはできず、時

折見舞いに来る程度だった。

月日が経つにつれて、父も母も回復に向かい、リハビリのため二人は病院に残ったり、島に戻ったりするようになった。やがてリハビリは終わり、二人は島に舞い戻ることができた。私が呼び出されて三年近くの月日が経っていた。

完全に退院できたとはいえ、人の手を必要とする両親を二人だけにすることはできず、私は島に残ることにした。島での生活は、都会の暮らしを知っている私にとっては、少なからず違和感のあるものだったが、両親がすっかり元気になるまでは、と自分に言い聞かせていた。

いつしか年月は流れ、二人は日を追って元気になっていった。農作業も支障なくこなすようになった。うれしい限りだったが気が付くと、私は三十代半ばを過ぎていた。その頃には私が感じていた、島での生活への違和感もなくなっていた。日ごと夜ごと両親を手伝い、稲作、サトウキビ、野菜作りに励んでいた。周囲から、

「もう、オトーもオカーもすっかりよくなって、しいちゃんには御苦労さんだったね。そろそろ結婚を考えないと売れ残りになって、滓（かす）を摑むよ。誰かいい人は

いないの？」

「この集落にいるのは、年寄りか中学生だからねえ。他集落にはいないかねえ。しいちゃんは垢抜けして都会風なのにねえ」

私は、時間はかかったけど両親が健康を取り戻したことを、勤めを辞めて看病した甲斐があったと喜び、ようやく島の生活にも馴染んできた、と思っていたところに、そのように言われて、やはり、那覇の食品店に戻ったほうがいいのかな、と思い悩んだ。しかし、食品店が倒産の憂き目に遭っていると人づてに聞き、二の足を踏んでいた。

そんなある日のこと、両親が同じ集落に一家を構えている長男夫婦に招待されて、三泊四日の温泉旅行に出掛けた。父の日の祝いと二人の全快祝いを兼ねて、という兄の厚意を素直に受けたようだった。

私と両親が住んでいた家は、海のそばにあり、集落の外れに位置し、隣の家と五百メートル以上離れていた。両親が旅立った日の夕方、私は農作業から帰り、一人縁側で涼んでいた。夏の夕日は、広い屋敷を照らして、私一人では余りあるものがあった。私は、まだこんなに陽があったのに仕事から帰って来たなんて、もったいないことをした。畑でジャガイモの植え付けをしていたときは、西の空に日が傾いてだいぶ経っているような気がしたから引き上げよう、と畑から帰って来たのに。この分だともっと仕事はできた。夕日を目の前にして、腕時計を忘れて仕事に出掛けていたことを悔やんでいた。

突然、門の方で人影が夕日に照らされたような気がした。私はびっくりしたが、気のせいだと自分を落ち着かせていた。そして、こわごわ伏せていた目をゆっくり門の方に戻した。

人影は幻想ではなかった。中高生風の男の子がヒンプンを背にこっちにやってくる。水着姿だった。私は目を逸らした。男の子は私のいる縁側の前で立ち止まったようだった。

「すみません、驚かせて。こんな姿ですみません」

丁寧な口調だった。急ぎの用かもしれないと思うと、私は声の方に向き直っていた。男の子は、手に持っていたスポーツバッグをそばに置き、手で水着に付着している滴を振り落としている。

「シャワーを使わせて下さいませんか?　これから行く所があるのですが、家に帰っている時間がありませんので」

夕日に照らされている水着姿が眩しかった。私は一瞬、どこの子だろう？　中学生か高校生のようだが、見覚えがない。そう思ったがよくよく見ていると、一班の一番後ろの家の子のような気がした。

手にしていた団扇を側に置き、訊いてみた。

「あっ、あんた、タロー屋（タロー家）の正夫でしょう？　確かにあんたの家は遠いね。急いでいるのね。シャワーぐらいでよかったらどうぞ」

「はい。ぼくタロー屋の正夫です。おばさんは、ぼくの名前を知っているのですね。ありがとうございます。シャワーだけで、もちろんいいです」

大きいなりでも中学生だ。おばさんと呼ばれてもおかしくはないが、親戚でもない子におばさん呼ばわりは、訳の分からない違和感がある。そう思ったが島では皆そうなのだ、と打ち消した。

「シャワーは家の中にあるので、履物を脱いで上がってね。案内するから」

風呂場を屋外に置いている家もあるので、あえてそう言った。

正夫が履いているのは、今風に言うビーチサンダルのようだ。これからどこかに行くと言うのだから、靴はバッグの中に入っているのだろう。スポーツバッグを肩に掛け、正夫は付いてくる。

「大きな家ですね。おばさん一人で住んでいるんですか」

「いいえ。両親も一緒よ。けれど、今、旅行に行っていて私一人なの。だから家が大きく見えるのかしらね」

私は苦笑した。三十五坪の家は、両親が一緒でも小さくはない。島では平均的な大きさの家なのに、中学生の感覚ではその辺りには思いが及ばないのかもしれない。タロー屋は、一班では一番大きい家のはずだが。

風呂場の前に来て、給湯温度を確かめた。いつもの四十五度のままだ。

「私も両親も、夏でもぬるいのは嫌なので、この温度はちょっと熱いかもしれないけれど、水を出しながら使ってね」

「はい、そうします」

正夫がシャワーを捻る音を確かめて、縁側に戻った。ヒンプンに目をやっていると、ふと、あの子は、バスタオルは持っているのだろうか？　と気になった。あのスポーツバッグに入っているのはハンドタオルや普通のタオルで、バスタオルは入っていないかも知れない。

私の足は自分の部屋に向いていた。部屋の前で、あのタオルにしよう、とタンスからお気に入りのバスタオルを取り出して、風呂場の前に立った。ノックをした方がいいのか迷ったが、右手はノブに伸びていた。後になって思い返したとき、私はこのとき三十七歳で、女の魔性の炎が燃えたのだと思った。

水の音が止まり、正夫の声が聞こえた。

「はーい、何でしょうか？　遅くてすみません。まだなんですが」

（うーうん、遅くはないの。入ったばかりでしょう）

心の中で言いながら、やはり、バスタオルをここに置いておくからね、ぐらいは言った方がいいのかしら？　と思ったのも束の間、私はドアを開けていた。アルミサッシのドアの向こうはいきなりシャワー室だ。正夫は、シャンプーを終えた頭をタオルで拭いているところだった。タオルは胸の辺りを僅かに覆っているものの、正夫の下半身が私の前で息づいている。正夫は、私に目をやるが驚いている風ではない。私も、正夫の裸を目の前にしているのに落ち着き払っている。ノックをしたものか迷いながらも手はノブに伸びていたときの衝動は消えている。

「これ、バスタオル。持っていないだろうと思って。使って下さい」

「ありがとうございます」

バスタオルを私の手から受け取ろうとして、正夫の手は止まった。

「あっ、すみません」

言うなり、手に持っていた濡れタオルでせわしく下半身を覆っている。

「いいえ、ごめんなさい。こっちこそいきなり入ったりして」

コンクリート壁のタオル掛けには、一枚のタオルも掛けられていない。タオル掛けはすぐ目の前にある。十分スペースはあるので、バスタオルを掛けてその場を離れようと思えばできた。が、私はバスタオルを左手に持ち、突っ立ったまま正夫を見つめていた。顔から足の先まで滴がしたたり落ちていた。

突如、正夫の右手が私の手のバスタオルに伸びたかと思うと、正夫の下半身を僅かに覆っていた濡れタオルがタイルの上に落ちた。急くように私から奪い取ったバスタオルを後ろに投げ、正夫は私に抱きついた。

私は倒された。

「正夫君、どうしたの？　やめなさい！」

手紙を読んでいた洋の手が震え、

「叔母さん、ぼく、もう読めません」

と手紙を床に投げつけた。

叔母は、洋が読み始めて一枚一枚を渡したときは静かに読んでいたが、途中で、ふん、ふん、と言ったり、鼻を啜ったり、静寂に戻ったりするのを洋は感じ取っていた。

床から手紙を拾い取ると、叔母は、

「洋、お疲れ様でした。短い手紙ではないよね」

と洋を抱きしめた。洋の両目から涙が零れ落ちている。叔母はハンカチを洋に手渡している。しばらくすると、洋をゆっくりと放した。

「刺激的で、洋には読み辛いところだと思うけど、でも、中学生が現れたというのは、さっき、叔母さんもあなたに伝えたけど母ちゃんが洋に話していたと思うので、洋は、知っていたことなんだけど、ちょっと怖かったね。手紙の始めの方では、母ちゃんの若いときとか、母ちゃんが一人で洋を産んで育てる決心をした背景などが分かって、母ちゃんはよくぞ書いた、と叔母さんは思っている」

洋は、叔母が渡してくれたハンカチで涙を拭いた。そして、ハンカチをズボンのポケットに入れて両掌を膝の上で組み、頭(こうべ)を垂れた。頭を垂れたまま、呼吸を整え、ポケットのハンカチを手に戻すと、行き場を待っている涙に添えた。

「……そうだよね。母ちゃんはよく書いてくれましたよね。昼は農作業や建築関係の日雇労働などで全然時間は取れないから、夜、書いていたのだと思うけど、こんなたくさんの量を母ちゃんは何日も何日もかけて書いたんですよね。叔母さん、ぼく、全部読みます」

叔母の手中に握られている手紙を丁寧に受け取ると、洋の目は手紙に戻っていった。


私は目を閉じたまま、右手で、タイルの上で行き場を失っているバスタオルを引き寄せた。正夫のからだが私の上で重い。

「ごめんなさい、おばさん。何が何だか分からなくなってしまって」

「正夫君、あんた、初めてだったんだね……。こちらこそ、ごめんなさい」

バスタオルを正夫の背中に掛けながらそう言って、私はどうして謝っているのだろう？　と独り苦笑した。

正夫は私の上で押し黙ったまま。私は、正夫の時間が気になった。

「これからどこかに行くんでしょ？　早く着替えなくちゃ。ご飯食べる時間ある？　一緒に夕飯食べよう」

私の胸に顔を埋めたままの正夫に、私は一方的に語りかけた。正夫が口を開くようだ。

「はい、時間あります。ご馳走になります」

ご飯は、朝、炊いた米が炊飯器の中に保温状態で残っていた。おかずは、冷蔵庫の中の野菜、魚、肉を使って短時間で拵えることができた。朝の味噌汁も残っていた。冷蔵庫に鍋ごと入れていたので温めなおすと、作りたてのようだった。

食卓を前に、正夫は、

「おばさん、さっきはごめんなさい」

と、いかにも申し訳なさそうに頭を下げたかと思うと、

「わあ、ご馳走ですね。おばさん、ぼく、もっとここに居ていいですか？　あそ

こへは行かなくてもいいんです。六班の和男の家でみんなで勉強することになっているんですが、ぼく、学校に本を忘れて来ていて、行っても誰かの本を見せてもらうことになるので、迷惑です。もっとここに居させて下さい。いただきまーす」

言うなりいち早く料理を口に運んでいる。私は諭すように、

「みんなで勉強なら行ったほうがいいんじゃない？　あ、あんた方、今、中学三年なの？　来年の三月は受験だねえ。受験勉強だもの。みんなでやると分からないところを教え合うことができるからいいのよ。行ったほうがいいよ」

「いいんです。よく勉強会と言って集まるんですけど、大して勉強はしないんです。それにぼく、高校へは行かないので。専門学校に行って早く働きたいのです。あるいは漁師になってもいいと思っているんです。叔父さんとよく漁に行くのですが、漁はとても楽しいですよ。今、魚は高く売れて金になるんです。長男ですから、親の面倒を見るには島にいた方がいいんです。おばさんは高校に行ったんですか？」

どうしてそんな話になるのだろうと思いながら、私は答えていた。

「いえー、行ったよ。那覇にある商業高校。そんなことはどうでもいいけど……。そうなんだ。正夫君は両親のために早く働きたいんだ。偉い！」

気が付くと、二人は私の寝室のベッドの中にいた。セミダブルのベッドは、二人が猫のように絡まり合っている分にはちょうどいい広さだ。外は夜の闇に包まれている。枕元のスタンドの僅かな明かりが、窓のカーテンを照らしている。

「このベッドとても快適ですね。おばさんのお部屋、とてもおしゃれですね。扇風機の風もとても心地いいです。ありがとうおばさん、否、静江さん。お名前静江さんですよね。静江さんと呼んでもいいですよね」

正夫がどうして自分の名前を知っているのか不思議に思ったが、あえて訊くことはせず、

「いいですよ。今晩だけね。明日からは会うことはないだろうから」

と言っていた。

「ぼく、明日も来ます。いいですか？　静江さんしばらく一人ですよね」

「…………」

正夫が、夜の帳が降りている中、家路に就こうとしている。私はベッドから離

れて、正夫の着替えを手伝っている。正夫の靴は、やはりスポーツバッグの中に入っていた。玄関で正夫を見送る私を抱きしめて、正夫は離そうとしない。

「お休みなさい。また明日ね」私はドアを開けていた。

ベッドに戻ると、目覚まし時計は午前一時になろうとしていた。こんなに遅くまで出歩いて正夫は大丈夫なのだろうか？　親が起きて待っているだろうか？

そうだ、あそこの親はかなりの年配だから、遅くまで息子の帰りを待つということはないかもしれない。それに、正夫はいつも友だちの家に行くと言って出掛けるのだろうから……。

頭がぼうっとしている。全身のほてりも続いている。シャワーを浴びて寝ようと思ったが、気怠くてそのまま寝入ってしまった。

翌日、野良仕事を終えて帰ってくると、そそくさと夕食の準備に取りかかった。

正夫がやってきたのは、八時を過ぎてからだった。私は、ここは集落から離れているのがいいわ。誰も気が付かないだろうから。そう思いながら訊いていた。

「正夫君、近くに来て誰かに会わなかった？」

「いいえ、誰にも会わなかったよ」

そう言って私を引き寄せキスをした。

「正夫君、あなた、私のからだに火をつけちゃったよ。どうする？　責任取る？」

正夫の顔を覗くように言った。

「はい。責任って結婚ですか？　実は昨夜家に帰る道みち考えました。結婚して下さい。十年待って下さい。いや、五年待って下さい。五年経てばぼくは二十歳になり、誰に反対されても結婚できます」

「ええ？　真剣なの？　おかしい！　あ、ごめんなさい。ありがたいけど、十年経てば、私はオバーになるわ。いや、五年でも」

言いながら、私は恋愛ごっこをしているのかしら？　恐れ多くも中学生と恋愛ごっこをしているのだわ、と首を竦めた。

首を竦めて、私は、中学三年の頃、学校で起きた出来事を思い出した。四十代の男性教師が自分のクラスの女の子と恋愛して、女の子は妊娠した。受験を控えている自分の教え子を妊娠させるなんてもってのほかだ、男性教師は学校を辞めざるを得ないかもしれないという事態になったが、女生徒が十六歳になるのを待って二人が結婚することを決め辞めずに済んでいた。

離島だから、穏便に済まされたのだ、という噂も流れていたが、二人は島で結婚生活を送り、幸せに暮らしていたようだった。

あの先生は中学生を犯した、などと言う人もいたが、大人が中学生と恋愛をすると罪になるのかしら？　頭にそんなことも浮かんだが、すぐに取り消していた。

「冗談でした。これから高校に入ろうという子に、オバーになる、なんて言っちゃって。ごめんなさい。正夫君、明日も来てくれる？　明後日は両親が帰ってくるので、ほんとにもう会えないからね」

正夫は、さも驚いたように、

「嫌です。両親が帰ってきたらなぜ会えないんですか？　外で会えるじゃないですか？　会えないというのは、ぼくは嫌です」

と泣き出さんばかりだった。

翌日、私はいつもより仕事を早く切り上げて、家路に就いた。途中二人のおばさんに会った。おばさんたちは各々籠を背負っている。

「あら、しいちゃん、今日は早いね。もう仕事、終わったの？　私たちはこれからだよ。暑かったから家で涼んでいたさあ。ご苦労さんだったねえ」

「あっ、いいえ」

通り過ぎていくおばさんたちが、このところの正夫とのことを知る由もないだろうに気になり、後ろを振り返った。

家に着いてシャワーを浴びて、夕食の準備をしているところに、電話のベルが鳴った。両親が旅行に出掛けてからどこからも電話はなかった。ひょっとして？……正夫と電話番号は交わしていない……。けど、電話帳を調べれば分かる。出てみると、やはり正夫だった。

「静江さん、今日、ぼく、行けなくなりました。すみません。明日は……」

と言って後が続かないので、

「そうね。昨日言ったと思うけど、明日は両親が帰ってくるのよ。今日は待っていたんだけど、残念です。それではまたいつかね」

答えて私は、なぜこんなにすらすらと言えるのだろう？　芽生えた恋を失う衝撃なんて、いい齢の女には似合わない、この二夜は恋、愛ではなく、中年の女の魔性が燃えただけなのだ、そうであるならやはり悲しい、と受話器を手に突っ立っていた。突っ立ったまま壁の時計に目をやった。白い壁の時計は、七時になろうとしている。外が明るいので今一度確かめた。黒い針が、黒い数字の7に居座り、もう一つの黒い針は12の近くでさまよっている。

受話器を置き、リビングと台所の電気をハイに点灯して、テレビのボリュームを上げ、一人箸を握った。

二カ月の月日が経った。私にとって、長い暑い夏だった。正夫からは、あの電話以来、音沙汰を聞くことはなかった。私はからだの異変を感じた。那覇の食品店に勤めていたとき、社長の息子に無理やり関係をせまられて、しばらく経って妊娠だと分かったときの症状と似ている。そのとき私には付き合っている恋人がいたが、恋人は自分の子ではないことを知ると、中絶を勧め病院に同行してくれた。中絶手術を受けた翌日、恋人は別れを告げて去っていった。

過去の経験から、この異変は妊娠なのだと気づいた。私の妊娠を知り、すったもんだはあったが、しばらくすると母は態度を和らげて出産の準備さえ手伝うようになっていた。けれど、私のおなかが目立つようになると、引っ込めていたはずの勘当を持ち出してきた。自分たちが家を出るから生まれてくる子どもと、この家で暮らしなさい、お産には、せめてキヨをよこすから家でするように、と言い残して父と二人長男夫婦の所に越していった。娘を勘当することで世間への申し訳に代えたようだった。

父は、私の出産予定日が三月の下旬だと分かったとき、自分たちが長男夫婦と温泉旅行に行っている間に起こったことなのだ、と思い悩んで、

「なあ、これからずっと静江に会いに行くようなことはしないから、せめてお産には立ち会わせてよ」

夜、寝床の中で頼むのだが、母は、

「お産に立ち会うなんて、男がすることではないでしょう」

そう言って断ったのだという。

産み月が近づくと、キヨが私の世話をするようになった。私は、今や、一緒に住んでくれるようになっていたキヨの助けを借りて、父母の出ていった浜辺の家で出産することにした。

洋が予定日を二週間過ぎた、四月上旬に生まれたとき、父も母も顔を見せなかった。広い家の中の、六畳の部屋のベッドの上で、助産師さんの、

「元気な男の子ですよ。おめでとうございます」

と言う声を聞いて、私はうれし涙を零した。キヨが私の両手を包んで、

「姉さん、おめでとう。これからも私が付いているからね」

と笑顔で言った。

二〇一〇年四月十五日
母、静江

手紙はそこで終わっていた。洋は最後の紙を叔母に渡すと、ズボンのポケットからハンカチを取り出して、両頬をさまよっている涙を拭いた。

叔母が最後の一枚を読み終えたようだ。叔母の頬にも涙が滴り落ちている。叔母は腰に巻いていたタオルを手にした。

「叔母さん、こんなに長い手紙を一緒に読んでくれてありがとう。叔母さんが一緒じゃないと、ぼく一人ではこんな内容の手紙はとても読めなかったと思います。ほんとうにありがとうございました。長くて大変な、物語のような手紙でしたけど、とにかく読んでよかったです。叔母さん、この手紙、ぼくが持っていてもい

いんでしょうか」

「もちろんだよ。洋に宛てた手紙だもの。ばっちり読んだね。ご苦労様でした。内容も、母ちゃんのことがよく分かるものだったし、刺激が強すぎるかなと思うところもあったけど、洋はもう大人だから理解できると叔母さんは思う。もし、手紙を読んでもこれまでの蟠りが解けそうもないとか、不信感が湧いたとか、ということがあれば、洋、今晩はじっくり話そう。全てすっきりしないと。洋はこれからキャンプ・インするんだから」

「ありがとう、叔母さん。大丈夫です。それより、あの人に会いたいです。そろそろコンサートは終わる時間だと思うので、行ってみましょう」

「はい。何だか、叔母さんは洋の望みを叶えてあげたくなりました。行ってみよう。村長もその会場にいるかもしれない。なんくるないさー（どうにかなるさ）」

叔母の素早い行動に、洋は目を瞠るばかりだった。夜道の運転にも何らの迷いも見せない。他集落なのに十分ちょっとで会場に着いた。コンサートは終わったようで、人々が引き上げていくところだった。

「ちょうどいい時間かもしれない。出演者たちはまだ会場に残っている時間だよ、きっと」

駐車場らしき所に車を停めると、叔母は助手席を出て立っている洋の手を取り、人垣へと進んだ。椅子席が覗けるような所まで来た。椅子席にはまだ残っている様子の人々もいて、一段上がっている、ＶＩＰ用らしき席を見渡していた叔母は、その中に村長を探し当てたようだった。洋の手を取ったまま、席の前に立った。

「村長さん、やっぱりコンサートをご鑑賞でしたか。突然失礼しています。歌手の方に会いたいと思って押しかけてきました。あっ、すみません。村長さん、洋も一緒に来ました。明日はよろしくお願いします」

洋は叔母と一緒に頭を下げた。戸惑いの様相だった村長は椅子から立ち上がって、

「あっ、どうも。キヨさん……。洋さん、昨日叔母さんと港で待っている間、甲子園での試合に感動したことを話していたんですが、洋さんにお礼を言うのを忘れていました。甲子園では良い試合を見せていただきました」

「いいえ、ぶざまな試合で申し訳なかったです。また、そのときは宿舎にも来て慰めて下さってありがとうございました。明日はよろしくお願いします」

「こちらこそよろしくお願いします」

叔母に向かって、

「叔母さん、歌手の方にお会いになりたいのですか。まだ楽屋にいらっしゃると思います。ここに呼びましょうか」

と笑顔だ。洋は叔母の手を放して、一歩前へ出た。

「あのう……。村長さん、歌手に会いたいというのは叔母ではなく、ぼくの方なんです。あっ、いいえ。二人ともなんです。実は、……。あっ、いいえ。失礼しました。お取り計らいよろしくお願いします」

深々と頭を下げながら、洋は一線を越えなかったことに安堵した。

村長が楽屋に使いをやっている。楽屋は椅子席から近いようだ。

わあっと囲む女性たちの中、楽屋出口から着物姿の男が出てきた。女性たちの中に、洋は、昼間のあの女性を見たと思った。男は立ち止まり、女性たちの差し出す色紙にサインをしているようだ。

やがてサインを終えた男は、女性たちに見送られてマネージャーらしき男と一緒にやってきた。あの女性が洋に気づいたかどうかは分からない。椅子に戻って

いた村長が立ち上がって、

「あっ、どうも、正夫さん。お疲れのところ、お呼び立てしてすみません。この方たちがあなたにお目にかかりたいと駆けつけていますので、私が仲を取り持つことにしたんです。紹介しますね。明日、あなたと一緒に講演をしてくれることになっている西田洋さんです。洋さんはこの度、プロ野球のT球団に、投手として入団なさいました。こちらは、叔母さんの西田キヨさんです。

洋さん、キヨさん、この方が島出身の歌手で伊礼正夫さんです。本名ですよね」

「はい、そうです。この名前はいかにも伊名島らしい名前なので使っています。あっ、初めまして。那覇で民謡酒場を経営している伊礼正夫と申します。キヨさんは覚えています。島にいるとき何度かお目にかかっていますので。洋さんには初めてお目にかかります。プロ野球の選手なんて凄いじゃないですか。去年の十月、新聞でその記事を目にしたとき、とても驚きました。どこのお子さんだろうかと、羨ましく思いました。おめでとうございます。頑張って下さいね。ほんとに島の誇りです」

洋の目を見て言っているのかは分からない。洋は、歌手の目を直視することはできなかった。村長が歌手に向かって言っている。

「そうなんですよ。洋さんは島の誇りです。今度ちょっとの休暇で帰ってきたついでに、図々しく島の小・中学生に講演をしてもらうことをお願いしているのです。続いて正夫さんにもお話と何曲か歌って下さるようお願いしているのですが、お二人が一緒のことをお二人に申し上げるのが遅れまして、ほんとに失礼しました」

洋は右掌を左五本の指で撫でた。頑張って下さいね、なぜだかそう言って握手をされた歌手の手の温もりが残っていると思った。洋はその手を自ら歌手に差し出した。

「島出身の有名な歌手のコンサートがあると聞いて、ぜひ鑑賞できたらと願っていたんですけど、ぼくも明日の講演が気になったり、明日の午後の便で帰ることになっていたりして何かと忙しくて、せっかくの、このご公演は見逃してしまいました。とても残念です。けれど、島出身の有名な歌手と聞いてどうしてもお目にかかりたくなったのです。ぼくも恥ずかしながら、島出身で初めてのプロ野球選手と言われて、同じような立場の方に会うと勇気がもらえる、これから厳しいプロ野球界で身を立てていく上で支えになる、そう思って、どうしても講演の前にお目にかかりたかったのです。お忙しい時間をありがとうございました。明日またお目にかかります」

洋は、自分が長々と言葉にしていることに驚いた。

「こちらこそ、ありがとうございます。では、また明日」

叔母さんの車がコンサートのあった古民家を出た。集落の家々の塀になっている石垣の上には、ろうそくの明かりがおよそ三十センチおきに点されている。コンサート会場への案内に点された明かりのようだ。

車が、勢理客集落が見渡せる所まで来ると、叔母の重い口が開いた。

「どう？　お父さんに会ってよかった？」

「………………」

「答えられないよね。ごめんなさい」

「ごめんなさい、叔母さん。分からないんです。なぜだろう？　ほんとにまだ分からない。明日、会ってもっと話をすれば分かるかも知れない」

「そうだよね。何しろ突然だったからね。会いたいとは思ったものの、心の準備ができてなかったのよね」

家に着いて腕時計を覗くと十一時近くになっていた。洋は、一緒に車を降りて、仏間に上がった叔母に、

「叔母さん、長い一日でしたね。お疲れ様でした。ありがとうございました。ゆっくりお休み下さい。ぼくはシャワーがまだなので、浴びてから寝ます」

頭を下げて風呂場に向かった。シャワーの温度を上げ、蛇口を全開にして、全身にぶつけた。しばらく浴びていると、沸々と湧いてくるものがあった。逃れようと、叔母の用意したブルーのバスタオルで胸を包んだ。

シャワーを上がって叔母の部屋の前を通ったとき、寝息を聞いたと思った。部屋に行き、ベッドに潜った。枕元のライトを付けたまま、天井に目をやった。小学校四年のとき、眺めた天井だ。このベッドも同じだ。不登校で何日も何日も籠もりきりだった。洋は、

（あのときの自分ではない。もう弱くはない。プロ野球選手なのだ）

襲いかかる幻想を払い除け、スタンドの明かりを消して、布団を胸元まで上げ

た。朝、目が覚めたときは、台所の方から叔母の快活な歌声が響いてきた。

講演

　島の中学校のグラウンドに海風が吹き上げている。中学校は小学校から一キロ近く離れているが、同じように小高い丘の上にあって、校舎の至る所から蒼い海が見渡せる。グラウンドを軽く走っていると、海風がからだに染みるが、建物の中に入ると、外の寒さを忘れさせる暖かさだ。

　洋は、叔母の作った朝食を一つひとつ噛み締めるように食べ終えて、

「叔母さん、とてもおいしかったです。これでばっちりです。お先に行っていま す」

　そう言って叔母より一足先に、迎えに来てくれた教頭の車で中学校まで来ていた。腕時計は八時四十五分を指している。叔母は、自分が行けば、洋が落ち着きを失ってしまうのでは？　と思い一度は遠慮しようと思ったが、昨夜、講演が伊礼正夫とのジョイントだと聞いて、行くことを決めたのだという。

会場の体育館では、すでに児童生徒が待機しているようだった。洋は、係の案内で体育館の控え室に入った。控え室には、この中学の先生かと思われる二人の大人がいて、洋が入ると同時に椅子から立ち上がって、

「西田洋さんですね。ようこそお出で下さいました。今日は私たちもお手伝いをさせていただきます。どうぞ、よろしくお願いします」

二人が同時に頭を下げている。国語担当の女性教師と、体育を担当している男性教師だという。男性教師は握手を求めている。

「あっ、どうも。こちらこそよろしくお願いします」

洋も頭を下げて握手を返した。三人が椅子に腰掛けるや否や、村長が駆けつけた。

「どうも、どうも。遅れてすみません。洋さん、お迎えもできなくて失礼しました。今日はよろしくお願いします。先生方、遅れたことをお詫びします。今日は、どうぞ、お手柔らかにお願いします。洋さんは、プロ野球選手とはいえ、まだ十八歳ですから」

「はい、分かりました」

村長の言葉といい、同時に発せられた先生方二人の声は、洋の耳に柔らかく木霊した。洋は村長が入ってきたとき、控え室に入ると同時に迫っていた緊張感がほぐれる、と安堵の思いだったが、三人の、この場の所作でその思いは、より強くなった。やがて、館内にアナウンスが流れた。

「児童生徒の皆さん、保護者の皆さん、お待たせしました。今日の講演をして下さる西田洋さんのご登場です。皆さん、盛大な拍手でお迎え下さい」

アナウンスに続いて幕が開き、洋は二人の教師の後に続いた。一礼した後、教師たちがそれぞれの椅子に掛けた。洋も指定された椅子に掛けた。二人の教師に向かい合う格好だ。

司会が三人にマイクを渡した。拍手が鳴りやまない。洋は、一段下がった聴衆席からの百人近くの目が自分に注がれていると思った。

「皆さん、今日の講師はこの中学を三年前に卒業して、三月に高校を卒業する、皆さんのお兄さんのような方です。大先輩です。皆さんがもう分かっているように、プロ野球の選手になる方です。お話をじっくり聴きましょう。もうお二方は、国語担当の田中先生と体育担当の島田先生です。予定では、お二人とのトークで、質疑応答の形だったのですが、ただいま、洋さんの凜々しいお姿を拝見して、私は洋さんにお話をしていただいて、それからトークに入るというのがこの場に相応しいのではないかと思いました。洋さんが野球選手を目指して、いかに頑張ったかを聴きたいですよね」

拍手が起こった。洋は、話が違うと思い幾分戸惑いはあったが、二人の先生に会釈をして、演台を前に立った。

「中学生の皆さん、制服がとても似合っていますね。ぼくも三年前までその制服を着ていました。今の皆さんと同じようにかっこいい中学生でした。小学生の皆さん、朝早いのに目が生き生きしていますね。皆さん、難しい話はしません。今日は私のために朝早くから集まってくださってありがとうございます。西田洋と申します。どうぞ楽な姿勢で聴いて下さい」

会場の拍手と笑い声に支えられて、洋は、自分の生い立ち、野球歴のようなものを話し終えた。大方次のようなことを。

――小学校三年のときから、いじめに遭って不登校を繰り返していたぼくに、誕生日の祝いだと言って叔母が一個のボールをプレゼントしてくれた。そのボールのお陰でぼくは野球と出会うことができた。叔母のボールは、父親の無い子と言われていじめに遭っていたぼくを救ってくれた。ぼくは父親の無い子なんです。母一人に育てられました。学校でいじめグループに、『父親の無い子』、『ふぞろい』などと、悲しい言葉をかけられていじめられ、怪我をして家に帰ってきて、「ぼくはどうしてお父さんがいないの、教えてよ！」と母に歯向かっても母は教えてくれない。ある日、母はぼくをこの島で一番高い山、ウフ山に連れていき、頂上から隣の島を眺めながら、

「あの島もこの島と似て美しい島なんでしょうね」と切り出して、

「洋、母ちゃんはあなたに詫びます、父親の無い子としてあなたを産んだことを。ごめんね。あなたのお父さんはどこにいて、どんな人かということは、時機を見て話すね。今日、母ちゃんが言えることは、こういうことなの。

『洋は海に囲まれたこの美しい島で、生まれるべくして生まれたのだということ。この島の豊かな海と自然は、これまで多くの偉人を出した。その人たちは裕福な家庭で生まれたわけではなかった。中には父親のいない子もいた。思いやりの心を持った人たちで、いじめに遭ってもくじけなかった。他人に迷惑をかけるので

なければ、自分の好きなことに打ち込んで世の中の役に立ちたい、そんな信念の持ち主だったらしい。洋も好きなことに打ち込める才能があると母ちゃんは思う。だって、やさしくて、いつも何事にも一生懸命だもの。この海のように大きな心の持ち主になれると思う。名前が洋だから』」

と話してくれました。その山の頂上がぼくの原点だと思っています。このたびも、球団のキャンプに加わる前に、と思って昨日、その山に一人で登りました。亡き母がそばに付いているような気がしました。ぼくもこれからこの島の偉人たちのように、好きなことに打ち込んで世の中の役に立てる人間になりたいと思います。

皆さん、どういう境遇で生まれ育っても、自分自身を強く持ち、自分を認め、一生懸命頑張れば、やりたいことはポシブルだとぼくは思います。好きなことを見つけて自分の道を開いて下さい。ご静聴ありがとうございました――。

会場に一礼をして洋は席に戻った。拍手の鳴りやむのを待って、司会者が、

「皆さん、凄いお話でしたね。洋さん、ありがとうございました。これからトークに入りたいと思います。お二人の先生方から質問を何点か出していただいて、

洋さんがそれに答えるという形です。洋さん、お二人ともやさしい先生ですので、いじめはないと思います。それでは女性の田中先生からどうぞ」と案内した。

田中先生は、

「洋さん、すばらしいお話でしたよ。ありがとうございました。私は、二年前にこの学校に赴任してきたとき、この学校から野球で有名な高校に西田洋さんがスカウトされたと聞いて、あっ、一年早かったら洋さんの担任になれたかもしれないのに、と残念に思いました。でも、良い学校に赴任してきたな、ととてもうれしくなり、高校生の洋さんをずうっと応援していました。この度はプロ野球選手にお成りになったこと、心からお祝い申し上げます。さて、私が洋さんと語ってみたいと思うのは、幾つもありますが時間が限られていますので、三点に絞ります。始めに、洋さんはこの島の、この学校の誇りです。その洋さんがいじめに遭っていたと聞いて、私は教師として恥ずかしいのですが、洋さんがいじめに打ち勝つことができたのは、何が一番の要因だと思いますか」

「打ち勝ってはいませんが、いじめの苦痛から逃れることができたのは、野球に目覚めたからだと思います。先ほども話しましたが、いじめっ子たちを避けるために、叔母からプレゼントされたボールで一人でこっそりとボール投げをしていました」

洋は、いつの間にか、聴衆の後ろの席に叔母が腰掛けていると思った。叔母の後ろに、山で会った昨日のあの女性が立っているのも目に入った。

「分かりました。洋さんは精神力が強かったのだと思います。一人でボール遊びをしていて、それが野球に繋がるなんて、普通はなかなかできることではないと思います。洋さんは意志が強くて一人でボールを投げてキャッチしたりしていくうちに、野球という道を見つけたのですよね。自分の好きな道を。凄いですよね」

「ありがとうございます……」

田中先生のほめ言葉に、洋は恐縮してそれ以上続かなかった。

田中先生は、二点目を、「洋さんは学業成績も優秀だったと聞いていますが、親の手伝いをしながら一生懸命頑張ったんですよね。この島の子どもたちは皆、親の手伝いをする傍らで勉強も頑張ると思うのですが、その中でも洋さんは秀でていたのでしょうね。先ほどのお話で小学校の頃、お母さんとウフ山に登ったということを伺いましたが、とても感動しました」と言い、三点目を、「あの山に今度も登ったとおっしゃいましたが、私は、洋さんが再び山に登ったことで、洋さんの未来は大きく開いていくと思います。お母さんがおっしゃったように、この島の海のように大きな心の持ち主だと思います。どうぞ、可能性を秘めた未来の扉を開き、洋さんが中学、高校でチームのエースであったように、球団のエース、日本代表のエースへと突き進んで下さい」と結んだ。

洋は、二点目、三点目に対して、これからプロ野球選手として足を踏み入れるぼくにとって、多大なおほめのお言葉と励ましのお言葉をありがとうございました、と締めた。司会者が、

「さすが国語の先生です。心のこもった一つ一つのお言葉、洋さんにとってとても励みになったと思います。ありがとうございました。今度は体育の島田先生にお願いします」

と言った。島田先生は演台の上に置いていたマイクを手にした。

「洋さん、ようこそ。ぼくも田中先生と同じく、赴任が去年なので……。でも、あなたの甲子園での活躍はよく知っています。一昨年、去年と初戦から準決勝、

決勝戦まで、一試合一試合全部見ていました。職務はサボって。否、それは冗談です。首にはなりたくないから職務はサボりません。

洋さん、ぼくも田中先生のように、あなたが学んだこの中学校に赴任できたことをうれしく思います。初めにお訊きしたいのは、洋さんはいじめに遭ったとき、なにくそーと思いましたか」

「はい。叩かれて、血だらけになっても歯向かっていきました」

「洋さん、見事ですね。自分が窮地に陥ったとき、なにくそーと思えるのと、どうせぼくなんか、と思うのとでは大違いなんですよね。洋さんはなにくそーの精神と、先ほどポシブルとおっしゃっていましたが、物事をポジティブに捉えることのできる方だと思います。だから、いじめに遭っても自分を失うことなく、突き進めたのだと思います」

「ありがとうございます」

「あっ、いいえ。あと一点は、洋さんは、この僅か人口二千人足らずの島から初めてのプロ野球選手になったわけですが、皆の期待を背負っているというプレッシャーを感じることなく、なんくるないさーという気持ちで、それでも日々努力を重ねていって下さい。いじめに打ち勝った強力な精神で、世間の荒波、野球界の荒波を乗り越えて下さい。天国のお母さんがいつもあなたを見守っていると思います。この島の人たち、小・中学校の職員、児童生徒たち全員があなたを見守っています。どうぞ、おからだを大切に頑張って下さい」

「ありがとうございます」

洋は椅子を離れて立ち、頭を下げた。司会者が、

「島田先生は、体育の教師として洋さんの指導に携わりたかったでしょう。洋さんを扱(しご)きたかったでしょう。愛情溢れるお言葉ありがとうございました。皆さん、洋さんと先生方にどうぞ、拍手を送って下さい。でも、洋さんは、ステージ上の下手(しもて)側にお残りいただくことになっています。今日はジョイント講演ですから」

係の誘導で、洋は移動した。

「はい、次は、歌謡ショーです。演じて下さるのは、またまた、この島出身の方で、歌手の伊礼正夫さんです。伊礼さんは、中学卒業後、那覇に出て修業を重ねて、現在那覇市で民謡酒場を経営する傍らコンサート活動もしていらっしゃいます。伊礼さんのご登場です。拍手でお迎え下さい」

三線を右手に、茶色のジャケットにグレーのズボン姿の伊礼正夫が登場した。会場に頭を下げて、洋に向かって会釈をした。洋も会釈をした。気のせいか、正夫は目に涙を宿していると思った。昨夜、コンサート会場で会ったときは、正夫の顔は愁いを帯びているかに見えた。

司会者の進行に従って、正夫は民謡を歌い始めた。三線を抱えている正夫のどこを見ても三十代には見えない。なぜ？　三十三歳になっているはずなのに。司会者も、彼の年齢には触れなかった。昨夜は着物姿だったせいか、そんなことに思いは及ばなかった。洋は目を擦った。目の前の正夫はやはり二十代の後半にしか見えない。体形のせいだろうか。

会場の、鳴りやまない拍手が洋を現実に戻した。正夫が民謡を歌い終え、歌謡曲に移るところだった。一曲目から歌謡曲というより、ポップ・ミュージックで、三曲目の『涙そうそう』（夏川りみ）では、会場から歌声も聞こえてきた。

「はーい、皆さん、ありがとうございました。大変な盛り上がりですが、この辺りでお二人のトーク・ショーに入りたいと思います。伊礼さん、ありがとうございました。今度はあちらの椅子にお掛け下さい」

司会者の指示に従って正夫は椅子に腰掛けるようだ。

「正夫さん、すばらしい歌声でございました。改めて、ありがとうございます。正夫さんは、洋さんとは年の離れたお兄さんのようなご年齢ですが、西田洋さんのことはご存じでしたか。中学を卒業してすぐ島を出たと伺っていますので、ご存じないのではと思いまして」

「今もそうだと思いますが、私たちの頃も中学を卒業すると島を出るのがほとんどで、私もすぐ島を出ましたので、洋さんのことは存じませんでした。でも、四年前、島の中学野球チームが県大会に出ると聞いて、那覇で行われたその大会を見に行きました。島の人たちに交じってスタンドから応援していたのですが、ピッチャーが凄いと思いました」

洋の脳裏に、四年前の、中学校軟式野球沖縄県大会の決勝戦のマウンド上に立っている自分の姿が浮かんだ。

「去年の十月、洋さんがプロ野球に入団したというニュースを新聞で読んで、あっ、あのときの投手だ、ととてもうれしかったです。今日、ここで、こんな形でお会いできるなんて夢のようです。ありがとうございます」

「そうでしたか。プロ野球選手に直に会えるなんて夢のようなことだと思いますが、洋さん、あなたにとっても、村出身の有名な歌手に会えるなんて夢のようですか」

震える手で演台の上のマイクを取り、洋は、

「はい、そうです……」と答えた。

「正夫さんは、洋さんの試合を見たとおっしゃっていますが、洋さんは正夫さんの歌を聴くのは初めてですか」

「はい、初めてです。野球漬けの毎日ですので、どんなコンサートでも見に行けませんが、正夫さんの民謡はとても心に響くものでしたので、CDを手に入れて聴きたいと思っています」

「手に入るといいですね。さて、お二人ともこの島の美しい自然が生んだ方だと思いますが、正夫さんは那覇で、洋さんは福岡で、と島を離れてのご活躍です。どうぞ、いつもこの生まれ島に思いを寄せて、健康に一番気をつけて頑張って下さい。最後にお二人から会場の後輩たちに激励のお言葉をいただきたいと思います。正夫さんからどうぞ」

「皆さん、ただいま、司会の方がおっしゃったように、私たちはこの美しい島で生まれました。それだけでも自分を誇りに思ってもいいと私は思います。先ほど洋さんが講演の中で強く言っていましたが、自分の好きなものを見つけて一生懸命打ち込んで下さい。道は開けます。ご静聴ありがとうございました」

洋は、またしても震えを覚えたが、脳裏に浮かんでくるものがあって、震えは消えていった。

「ありがとうございます。洋さん、どうぞ」

洋は、はい、と軽くなったからだを集まった百人近くの目に向けた。

「皆さん、長々とありがとう。楽しかったですか」

はーい、楽しかったです、の声が飛び交った。手を上げる者もいた。

「楽しいことは飽きることなく続けられます。好きなことを見つけて没頭して下さい。打ち込んで下さい。ありがとうございました」

「お二人の激励のお言葉ありがとうございました。洋さん、実は、正夫さんがあなたにプレゼントするためにＣＤを用意してきています。よかったですね。正夫さん、どうぞ、洋さんにＣＤを贈呈して下さい」

プレゼント用に包装されているＣＤ状の包みがさっと正夫に手渡され、正夫は姿勢を正して洋に向いた。

「洋さん、今日はほんとにありがとうございました。洋さんが聴いて下されば、この上ない光栄です。おからだを大切に頑張って下さい」

「こちらこそありがとうございました。一生懸命、聴きます」

「会場の皆さん、今日のお開きです。ご静聴ありがとうございました。お二人に今一度、拍手を送って下さい」

拍手の鳴りやまない中、幕が閉じられていく。

控え室では村長と叔母が待っていた。叔母が洋に抱きついて、

「洋、よく頑張った。叔母さんは涙が止まらなかったよ」

「叔母さんのお陰です。ぼく、頑張ったよね。叔母さん、ありがとう」

と返した。村長が、

「洋さん、とてもすばらしい講演でした。立派なことをおっしゃいました。今日の子どもたちの中から、洋さんに次ぐ選手が出るような気がしています。ほんとにありがとうございました」

村長は洋に頭を下げて、いつの間にかそばに立っていた正夫に向いた。

「正夫さん、凄い歌手になりましたね。味のある歌声でフトゥフトゥ（感動して震える）しました。きっと正夫さんに憧れて、子どもたちの中から歌手を目指す子がこれから出てくると思います。どうぞ、おからだを大切に頑張って下さい。ありがとうございました」

「こちらこそ島に来る機会を与えて下さいまして、ありがとうございます。出たっきりでなかなか来ることができずじまいでしたが、今度、島の良さを再認識しましたので、ちょくちょく帰ってこようと思います」

叔母が正夫に向かうようだ。

「正夫さん、今日、帰るんですか。もし、そうでしたら、道中、洋をよろしくお願いします」

「洋さんも今日、お帰りになるんですか。ご一緒できるなんて、とてもうれしいです。親戚回りが一カ所残っていて、これから行くのですが、フェリーの時間に間に合わせて港に行っています。そこで会いましょう。キヨさん、お世話になりました。本当は、キヨさんとゆっくりお話しができたらと思っているのですが、この次にしますね。これからは頻繁に帰ってくると思いますので」

洋は、それでは港で待っています、と言い、叔母は、

「これから私たちは、二人で港のレストランに行って昼食を食べます。でも、料理は持参してきました。洋の門出の食事と思って昨夜から今朝にかけて作ったものです。持込みランチです。昨日のうちにレストランの許可をとっています。正夫さんに近いうちにお会いできるのを楽しみにしていますね」

立ち去ろうとする正夫に、洋は、

「あのー、先ほどはＣＤのプレゼント、ありがとうございました。ぼくは何もありませんが、一つだけ大事な物を持っていますので、正夫さんに差し上げたいと思います」

言い終えて、旅行鞄にしまってある母の手紙を取り出した。

「これです。母が亡くなる前にぼくに残してくれた手紙です。長い手紙ですが二、三十分あれば読めると思います。正夫さんに読んでいただけるとうれしいです」

叔母が、お読みになってから洋に返して下さいね、と言っている。

「ありがとうございます。そうします。洋さんの大事な物なのですね。心を込め

て読ませていただきます」

およそ二時間後、洋は叔母と一緒に埠頭寄りにあるレストランの中にいた。二人が前にしているテーブルの上には、叔母が作ったランチの重箱が載っている。一時間ほど前から箸をつけ始めているから、料理はほとんど底をついている。フェリーの出港まで三十分近くある。乗船を待っている客が飲み物や食べ物を前に会話を交わしている。洋は、正夫が手紙を読んだかどうか気になったが、叔母もそのことを気にしているようなので、平静を装っていた。

そして、ついに口を開いた。

「叔母さんの、今日の、この料理も絶品だった。ほんとにおいしかった。ぼくはエネルギーをたくさんもらったから、どこに行っても大丈夫。叔母さん、ありがとう」

「そうだよね、ありがとう」

気弱に言う叔母の前にジュースを置き、

「はい、叔母さん、元気を出して」

笑顔で言った。ジュースは今しがたウェイターが持ってきてくれたものだ。叔母は一気に飲み干した。

「叔母さん、あの人が手紙を読んで、父親と名乗っても、名乗らなくてもぼくは大丈夫だからね。あの人、そろそろ来ている時間かもしれない。やがて、フェリーも出る時間だから行きましょう」

叔母と二人、レストランを出て、洋は乗り場に並んだ。叔母は少し離れた所で見守るように立った。
四、五分ほど経って、後方から、失礼します、という声に次いで、正夫が洋の前に現れた。三線ケースを右手に持っている。ボストンバッグを肩に提げたマネージャーさんも一緒だ。叔母がそばにやってきた。
「洋さん、ごめんなさい」

正夫は洋に抱きついた。

「…………」

「あなたのお母さんは立派に洋さんを育てられました。ぼくはその方の前から離れていったんです。ごめんなさい。ごめんなさい。洋さん、苦しかったでしょう……」

乗船のベルが鳴り、洋は、正夫を振り払った。叔母に目配せして、船への階段を上った。正夫も上ってくるようだった。彼とは船内で語り合える、思いの有りっ丈をぶつける機会が来た。語り合って納得できるものが一つでもあれば、幸せな気持ちでキャンプ・インできる、と洋は思った。

（了）

著者プロフィール
末吉 節子（すえよし せつこ）
1937年８月、沖縄県伊是名村生まれ、那覇市在住。
琉球大学教育学部初等教育学科卒業。那覇市の小学校教諭をふり出しに68年〜98年まで沖縄県在米国国防総省立学校で日本文化を教える。
92年、『アメリカンスクール』で第13回沖縄タイムス出版文化賞を受賞。
他の著作に『アメリカンスクールの窓から』『アメリカンスクールに学ぶ』など。
著書『アクシデントの沖縄勤務』（文芸社、2005年）
　　『異文化の中で』（文芸社、2006年）
　　『島ガナサ』（文芸社、2010年）
　　『白梅の香りにのせて』（日本文学館、2012年）
　　『基地と心中』（文芸社、2017年）

蝶の伝言（伝言：イェー）

2023年10月15日　初版第１刷発行

著　者　末吉 節子
発行者　瓜谷 綱延
発行所　株式会社文芸社
　　　　〒160-0022　東京都新宿区新宿1－10－1
　　　　　　　　　　電話　03-5369-3060（代表）
　　　　　　　　　　　　　03-5369-2299（販売）

印刷所　株式会社フクイン

ISBN978-4-286-24301-6